정상의 온도

정상의 온도°

나 홀로 낯선 곳에서의 하룻밤

글·사진 오지브로(이태윤)

작가의 말

누구나 한 번쯤은 산에서 하룻밤

이른 아침, 새들의 지저귐에 눈을 떴다. 정신을 차리자마자 콧속을 지나 폐 속 깊은 곳까지 맑은 공기가 들어오는 게 느껴진다. 꿈을 꾼 것인가? 분명 하늘을 떠다니는 느낌이 들었는데, 아! 여긴 산이지. 어제 산에서 잠들었지. 비몽사몽인 채로 눈을 비비며 다시금 내가 산에 있음을 깨달았다.

주위를 둘러보니 구름 위에 떠 있는 듯 내 눈높이에 자리한 운해가 날 감싸고 있었다. 조금 전, 분명히 꿈 같았는데, "와! 이게 말이 되나?"라는 말이 절로 나왔다. 온몸에 소름이 돋았고, 입에선 연신 감탄사만 나왔다. 꿈에서 본 그 장면을 현실로 마주하게 된 순간이었다.

저 멀리 운해 사이로 해가 천천히 올라왔다. 밤새 추위에 떨었던 몸이 해를 마주하자 사르르 녹는 느낌이 든다. 오늘도 마음속으로 조용히 외쳐본다. "해냈구나, 이겨냈구나." 살아 있음에 감사함을 느끼는 순간이다. 무사히 날이 밝아오고 진한 행복감이 찾아온다. 이렇게 힘들었던 순간이 지나가면 늘 새로운 에너지가 생긴다. 힘이 들어야 힘이 생기지 않던가. 어떤 일이든 이겨낼 수 있을 것 같은 용기가 생기고, 모든 지혜가 샘솟을 것 같은 느낌이 든다. 하산을 하면 당분간 더 힘찬 나날들을 보낼 수 있을 것이다.

이 책은 그동안의 내가 자연 속에서 느꼈던 여러 감정들을 솔직하게 옮겨 놓은 것이다. 비박을 하면서 힘을 얻었던 순간들이 많았고, 그 힘은 삶을 살아가는 데 많은 도움이 되었다. 나는 그저 자연이 좋고, 비박이라는 취미 생활이 좋아서 오랜 시간 취미를 성실히 이어온 사람일 뿐이다. 이 책은 자연에서 느낀 내 생각들을 정리한 것이기에 비박 정보, 장소 정보는 담지 않았다. 물론 그 정보를 알고 싶어하는 독자들도 있을 것이다. 하지만 산속에서의 하룻밤을 사랑하는 이들이라면, 자연 그대로의 모습을 지켜주고 싶은 내 마음을 잘 알 것이라 믿는다.

많은 구독자분의 응원과 성원이 있었기에 이 책이 세상에 나올 수 있었다. 모난 글을 다듬고 빛내준 권은정 편집자님께 깊이 감사드린다. 이 책을 기획한 여니북스의 구대회 대표님께 이 면을 빌어 고마움을 전한다.

부족한 영상을 봐주시고 늘 관심을 가져주시는 우리 구독자님들께 이 책을 드린다.

contents

part 1.

오늘도 나는 산으로 간다

part 2.

포기하지 않아야 보이는 것들

part 1

오늘도 나는 산으로 간다

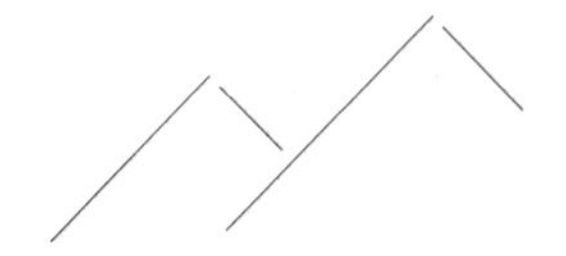

나는 왜
정상을 향해 가는가

많은 사람들이 산은 고요하다 이야기한다. 하지만 절대 그렇지 않다. 밤에 혼자 산에 누워 있으면 야생동물 울음소리부터 돌 굴러가는 소리 등 별별 소리가 다 들린다. 솔직히 겁날 때도 있다.

그런데 그 긴 밤을 지나 일출이 시작되고 햇빛이 온몸을 감싸면 마치 산으로부터 보호받는 듯한 기분이 든다. 그리고 '아, 오늘 밤도 무사히 지났구나' 하는 안도감과 성취감이 느껴진다. 산을 이해하려면 이렇게 하룻밤을 직접 경험해봐야 한다. 산은 외로움과 힘듦을 넘어서 더 단단해진 나를 만나게 해준다. 그것이 바로 내가 산에 오르는 이유다.

흔히 정상이라고 하면 크게 정상正常과 정상頂上, 이 두 가지를 의미한다. 정상正常은 특별히 이상이 없는 모든 것이 제대로인 상태를 말하고, 정상頂上은 꼭대기나 우두머리를 말한다. 내가 오르는 산의 정상은 꼭대기를 의미하는데, 한편으로 내가 정상頂上을 향해 가는 것은 정상正常으로 살기 위한 내 나름의 몸부림이 아닌가 한다. 아니, 정확히 말해 나는 살기 위해, 산으로 간다.

나에게 정상은 반드시 정복해야 할 대상이 아니다. 항상 정상을 향해 출발하지만, 정상을 밟기 위해 산에 오르는 것은 아니기 때문이다. 기껏 정상에 올랐으나, 오히려 그 아래보다 감흥이 덜한 곳도 더러 있었다. 실제로 정상에서 조금 내려와 비박했던 영상을 유튜브에 올렸을 때 오히려 구독자들이 더 많은 관심과 사랑을 보내기도 했다. 그런 이유 때문인지 몰라도 박지(야영이나 사이트 구축이 가능한 장소)를 고를 때 꼭 정상만을 고집하지는 않는다.

내게 정상頂上은 또 다른 의미의 도전이다. 정상을 향해 가다 보면 무더위와 땀으로 온몸이 흠뻑 젖고 무거운 장비를 지고 산을 오르느라 중도에 포기하고 싶은 순간도 많았다. 솔직히 그만 내려갈까 생각도 했었다. 하지만 아무리 힘들어도 그것을 이뤄냈을 때의 희열이 말할 수 없을 정도로 크기에 포기하지 않는다. 고통이 클수록, 몸이 힘들수록 그에 비례해 보상이 오기 때문에 힘든 도전을 기꺼이 감내한다.

십수 년 동안 산을 오르면서 정상頂上까지 가지 않은 적이 몇 번 있다. 정상까지 가는 게 힘들다거나 귀찮아서 그런 것은 아니었다. 정상을 향해 오르다 너무 좋은 박지가 눈에 띄어 그곳에서 산행을 멈췄다.

정상만을 향해 올라가면 그 과정에서 마주치는 아름다운 풍경을 놓칠 때가 있다. 그리고 정작 정상에 오르면 정상은 보이지 않는다. 오히려 정상 부근에서 정상을 바라볼 때 정상이 더 잘 보이고 그 풍광을 즐길 수 있다. 말 그대로 정상의 아이러니다. 사람마다 차이는 있지만, 자기 나름의 정상頂上이 있다. 상대적으로 꿈의 크기와 삶의 목표가 작다고 해서 그 삶의 가치까지 낮게 평가받아서는 안 된다. 7,000미터가 넘는 히말라야 고봉을 오르는 것만이 등산이 아닌 것과 같다. 국내 작은 산을 오르더라도 산마다 정상頂上은 있고, 적어도 주변에 그보다 높은 곳은 없기 때문이다. 높은 산을 오를 때만의 희열이 있고, 낮은 산을 오를 때만 느낄 수 있는 기쁨이 있는 것처럼 인생의 목표가 크지 않다고 해도 모두 각자의 의미와 가치가 있다.

"누구에게나 정상頂上은 있다."

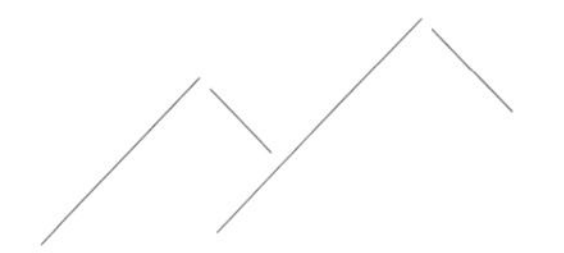

내가 비박을 하는 이유

좀 과장해서 말하면 비박은 이제 나에게 공기, 음식 다음으로 중요한 삶의 가치가 되었다. 사시사철 변화하는 산의 경치를 보는 것이 너무 행복하기 때문이다. 누군가는 비박이 오히려 건강을 해치는 것은 아닌지 걱정한다. 반은 맞고, 반은 틀린 말이다. 나는 산에 오르고 비박을 하기 위해 평소 건강 관리를 하면서 비박을 더 사랑하게 되었다. 비박을 하지 않을 때는 보통 좀 뛰거나 근력운동을 하는데 비박이 아니었다면 지금처럼 꾸준히 운동할는지는 잘 모르겠다.

일본에서 축구 유학을 하며 지냈던 시절이 있었다. 운동도 힘들었지만 이방인으로 살아가기도 힘들고 어렵게 어렵게 유학 생활을 하고 있었는데 선수 생활을 그만둘 수밖에 없는 현실에 절망했다. 그때 손을 내밀어준 지인을 따라 무작정 산행을 떠났다. 그때 난 삶의 의미를 다시 발견했다.

자존감이 바닥 아니 지하로 떨어졌을 때 비박을 하면서 무언가 나도 할 수 있는 게 있다는 것, 그리고 결국 해냈기에 성취감을 느낄 수 있었다. 어찌 보면 비박은 내게 새로운 삶을 열어준 생명의 은인인 셈이다.

매주 비박을 떠나는 것은 이제 내 삶의 리추얼이 되었다. 다른 이들이 산책을 하거나 책을 읽고, 달리기를 하듯 나는 산에 오른다. 그리고 정상 또는 그 부근에 박지를 정하고 하룻밤을 보내고 온다. 매주 유튜브 영상을 올려야 한다는 의무감과 약간의 압박감도 있지만, 꼭 그런 이유로 산행해야 하는 날이 온다면 나는 조금의 망설임도 없이 비박을 그만둘 것이다.

조금 과장하면 비박이 힘들면 힘들수록 내가 얻는 에너지의 양이 커진다. 깨끗하고 시설이 좋은 호텔에서 하룻밤을 보내면 편하기는 한데 기억에 오래 남지 않는다. 그냥 잘 쉬고 왔다는 의미 그 이상도 이하도 아니다. 그러나 산에서 힘들게 지내고 내려오면 그 기억이 오래도록 내 뇌리에 남아 두고두고 살아갈 힘이 된다.

정말 숨이 까딱까딱 넘어갈 정도로 힘이 들 때면 다시는 이렇게 하지 말아야지 다짐하기도 한다. 국토 종주를 할 때도 그랬고, 비까지 내리는 무더운 여름, 내 몸에 흐르는 것이 땀인지 비인지 모를 정도로 힘들 때도 그랬었다. 그런데도 집에 돌아와 하루 이틀이 지나면 어느 순간 인터넷으로 비박할 산을 찾아보게 된다. 힘듦이 생의 에너지를 북돋는 것을 경험하고 나니 비박을 그만둘 수가 없게 된 것이다.

적어도 나는 비박을 하면서 인내심을 기르게 된다고 생각한다. 어려움과 고통에 익숙해지고, 견뎌낼 힘을 얻는다. 인생도 마찬가지가 아닐까. 힘들어야 힘이 생긴다. 힘들게 고생하면 그만큼 값진 게 없다는 게 내가 산을 통해 온몸으로 겪은 교훈이기도 하다.

누구도 텐트에서 자는 것을 비박이라 하지는 않는다. 텐트에서 잘 때와 비박을 할 때의 감정은 천양지차다. 나도 사람인지라 텐트에서 자면 안락하고 벌레와 해충으로부터 나를 보호할 수 있어 좋다. 하지만 비박을 했을 때 쌓을 수 있는 추억은 텐트에서 잤을 때의 편안함과는 바꿀 수 없다.

비박을 할 때는 자연과 하나가 되는 느낌이다. 텐트에서 자면 벌레도 안 들어오고, 야생동물로부터 나를 지켜주고, 추위도 막아주지만 뭔가 해냈다는 느낌은 생기지 않는다. 나를 극한의 상황으로 몰고 가서 그것을 이겨내고 이를 통해 인내심을 배우고 성취감을 느끼는 것이 행복하다. 이런 과정을 통해 일상의 소중함과 가족을 더 사랑하게 된다. 이러다가 내가 죽을 수도 있겠다 싶으면 오히려 가족에게 더 잘해야겠다고 생각하게 된다. 아이러니하게도 내가 고된 비박을 하는 이유다.

"일상과 가족의 소중함을 느끼고 싶은가.

당장 비박을 떠나라."

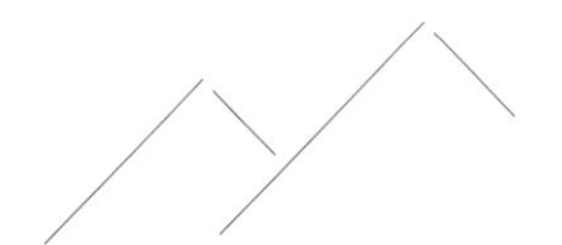

비박의 8할은 온도다

무언가에 이토록 진심이었던 적이 있었을까? 20대에는 축구에 내 전부를 쏟아부었지만 지금은 그 대상이 산이 되었다. 그리고 비박을 통해 온전히 산을 누리는 법을 찾았다. 운해를 발아래에 두고 바람이 내 몸을 온전히 통과하는 경험을 건네준 비박의 짜릿한 희열이 나를 다시 산으로 데려간다.

이런 나를 두고 '생고생 노숙커'라 부르는 이들이 있다. 말 그대로 사서 고생한다는 건데, 그들이 나에게 공통으로 묻는 게 있다. 산에서 비박하면 뭐가 가장 힘드냐는 것이다. 망설임 없이 나는 '온도 변화'라고 대답한다. 특히 푹푹 찌는 혹서기와 살을 에는 듯한 혹한기에는 내가 왜 여기서 무얼하고 있는지 스스로에게 물을 때도 많다. 너무 춥고 더워 힘이 들 때는 다시는 산에 오지 말아야지 다짐했다가도 집에 가서 다음 비박 준비를 하는 나를 보면 헛웃음이 나기도 한다.

기후 변화로 해가 갈수록 여름과 겨울이 길어지고 봄, 가을은 짧아지고 있다. 하지만 우리나라만큼 사계절이 분명한 나라도 흔치 않다. 산행만큼 봄, 여름, 가을, 겨울의 멋과 풍류를 제대로 즐길 수 있는 저렴한 취미도 없다(고가의 장비를 마련하지만 않는다면 말이다). 이 또한 산행만의 매력이다.

내가 가장 싫어하는 계절은 습하고 무더운 한여름이다. 여기에 장마까지 겹치면 고통은 최고조에 이른다. 산을 오르는 내내 온몸에서 땀이 비 오듯 내리고 옷까지 젖으면 몸은 천근만근이 된다. 정말 더울 때는 정상에도 바람 한 점이 없다. 그늘막을 쳐도 더위는 가시지 않는다. 이럴 때는 솔직히 집이 그립고 돌아갈 시간만 기다려진다.

여름에 비를 맞으면 올라갈 때는 덥고 정상에서는 추위가 느껴진다. 더군다나 침낭 없이 자면 몸이 오돌오돌 떨릴 정도로 춥다. 너무 추워서 꼬박 밤을 새울 때도 있다. 한숨도 못 잔 상태인데도 일출을 마주하면 언제 그랬냐는 듯 '해냈다'는 뿌듯함이 몰려온다.

나는 겨울에 비박하는 것을 가장 좋아한다. 힘겨운 산행 후 박지에 도착해 짐을 푼다. 그리고 맑은 산공기를 들이마신다. 맑은 공기, 바람소리로 에너지를 충전하고 주변의 흙, 나뭇가지, 나뭇잎 등등을 이용해 잠자리를 마련하면 금세 5성급 호텔이 완성된다. 어디에서도 볼 수 없는 자연 호텔이다. 그리고 땀에 흠뻑 젖은 옷을 갈아입는다. 무거운 촬영 장비까지 이고지고 오느라 땀에 쩐 옷을 새 옷으로 갈아입었을 때의 상쾌함, 포근

함을 그 어떤 기쁨에 비할 수 있을까.

산에서의 온도의 의미를 단순하게 표현하자면 '춥다'와 '덥다'이다. 하지만 '시원하다', '따뜻하다'라는 표현은 그리 와닿지 않는다. 앞에서도 이야기했듯이 내가 선호하는 산행의 기후 조건은 추울 때다. 추울 때의 풍경이 더 아름답게 보인다. 그리고 이마에 닿는 차가운 공기를 맞으며 '살아 있음'을 느낀다.

무엇보다 겨울이 되면 탁 트인 산의 풍경을 즐길 수 있다. 나뭇잎이 떨어지면서 시야가 더 확보되기 때문이다. 나뭇잎이 떨어진 자리마다 숨어 있던 산이 제 모습을 드러낸다. 조용히 얼굴에 떨어지는 눈의 차디찬 촉감, 바람이 내는 소리를 온전히 그 풍경과 함께 누린다.

또 내가 추위를 좋아하는 이유는 그 뒤에 찾아오는 따스함 때문이다. 으스스한 기운이 느껴질 정도로 조금 춥게 산행하다가 옷을 갈아입으면 그렇게 행복할 수가 없다. 추운 상태에서 점점 따스해지면서 오는 포근함이 좋고 세상이 더 아름답게 보이기까지 한다.

겨울 비박을 하고 나면 새삼 '살아 있음'에 감사하게 된다. 물론 바위까지 쩌렁대는 바람 소리와 추위에 이러다 죽는 게 아닐까 하는 걱정이 들 때도 있다. 너무 추울 때는 자다가 죽지 않으려고, 잠들지 않기 위해 갖은 노력을 다한다. 이런 이야기를 하면 주위에서는 왜 굳이 극한으로 자신을 내모는지 물을 때가 있다. 해외에서 외로움을 느끼고, 정신적, 육체적으로 가장 힘든 시기에 비박을 시작했다. 그때 당시 장비라 할 만한 것도 아무것도 없이 맨몸이었을 때도 온갖 상황을 이겨냈다. 그 때의 희열이 너무 커서 이제 나는 무엇을 해도 이겨낼 수 있으리라는 마음이 들었다. 더 이상 내게는 희망도 없으리라 생각했는데 아니었다. 힘겨움을 이겨낸 뒤의 자신감이 나를 살게 했기에 오늘도 나는 나를 극한으로 밀어넣는다.

"온도는 내게 희로애락이다."

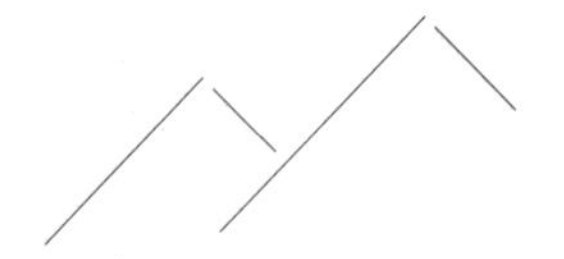

비박의
봄, 여름, 가을, 겨울

봄, 가을은 비박하기에 더없이 좋은 계절이다. 겨우내 움츠렸던 비박러들이 개구리가 동면에서 깨듯 봄이 되면 산과 들로 배낭을 메고 박지를 찾아 떠난다. 나 역시 봄을 좋아한다. 특히 가을과 달리 뱀이 없어서 좋다. 간혹 있다 하더라도 동면에서 깬 뱀들은 독이 적고 활동성이 떨어져서 혹시나 산에서 만나더라도 그렇게 위험하지는 않다.

4월까지는 산 정상에서 비박을 해도 그렇게 춥지 않으며, 침낭에 들어가 있으면 따뜻해 행복감을 느낄 정도다. 땀이 나지도, 춥지도 않으니 그야말로 무릉도원이 따로 없다. 3월의 봄은 겨울과 살짝 비슷한 느낌을 주기도 한다. 조금 싸늘한 기온은 오히려 몸을 살짝 긴장시켜 옷을 한 겹 더 입는 것만으로도 편안하다.

여느 비박러들에게도 그렇겠지만, 내게 여름은 한 단어로 고통

DUO

의 계절이다. 개인적으로 가장 싫어하는 계절이며, 비박하기에 최악의 조건을 갖춘 시기다. 푹푹 찌는 무더위, 수시로 내리는 비, 언제 나타날지 모르는 독이 오른 뱀, 보이지도 않는 작고 귀찮고 성가신 진드기와 벌레 등이 끊임없이 나를 괴롭힌다.

그럼에도 불구하고 나는 한여름에도 산을 찾는다. 힘들고 고통스럽지만, 그 여름에만 느낄 수 있는 온도와 감정 때문이다. 대부분의 비박러들은 장마까지 겹치는 여름철을 피한다. 나 역시 이 시기에 산에 오르면 여느 때보다 몇 배 더 힘들지만, 고통이 주는 묘한 쾌감과 성취감 때문에 매주 산을 오른다.

산을 반쯤 오르면 '내가 왜 왔을까' 하는 후회를 할 때도 있지만, 정상 박지에서 맞이하는 시원한 바람과 맥주 한 캔은 세상의 주인공이 바로 나임을 증명해준다.

비박하기에 가장 매력적인 계절은 누구도 예외 없이 가을이다. 더욱이 우리나라의 가을은 전 세계 어느 나라와 비교해도 뒤지지 않을 정도로 아름다운 계절이다. 산 전체가 알록달록 단풍으로 물이 들 때면 세상에서 가장 크고 멋진 그림 속을 내가 걷는 듯한 착각마저 든다. 마치 소풍 가는 아이처럼 나를 들뜨게 만드는 가을은 가장 매력적인 계절임이 틀림없다.

겨울이 곧 올 거라는 기대감까지 더해지면 가을 산행은 더 흥이 난다. 단순히 가을이 좋다기보다는 가을에만 느낄 수 있는 산 냄새 때문에 더 사랑한다. 여름의 산과 가을의 산은 풀, 흙, 나무, 공기에 이르기까지 그 냄새가 정말 다르다. 여름과 달리 온도가 살짝 떨어지면서 느끼게 되는 산의 냄새 때문에 가을이 더 좋다.

겨울 역시 산행하기에 아름다운 계절이다. 추위로 눈가에 눈물이 살짝 맺힐 때면 정말 눈이 부시게 아름다운 산의 풍광을 경험하게 된다. 자연과 온전히 마주하는 것이 얼마나 대단하고 감격스러운 일인지를 또 한 번 경험한 것만으로도 행복해진다. 차디찬 겨울바람에 코가 시리면서 느끼는 이 감정은 약간의 고통을 동반한 짜릿함이다. 보통은 이런 상태가 고통일 수 있으나, 내게는 감격이다. 이 맛에 겨울 산행을 떠난다.

믿기지 않겠지만, 이 추위를 동반한 적절한 고통이 너무 감격스럽고 짜릿해서 울컥할 때도 있다. 특히 온통 하얀 설산에 해가 걸릴 때의 풍광을 마주할 때면 세상 무엇과도 바꾸고 싶지 않은 보물을 발견한 듯 온몸에 전율이 흐른다. 적당한 추위와 감내할 만한 고통은 산행을 아름답고 맛나게 하는 양념과 같다.

"고통과 어려움이 없는 산행은
소금 간이 없는 국과 같다."

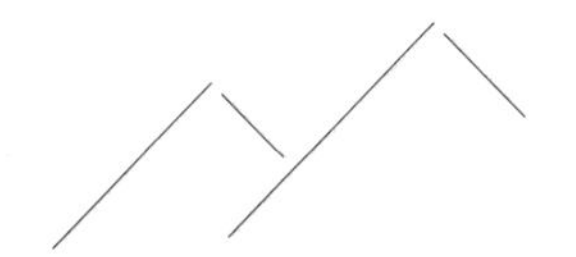

애용하는
비박 아이템

봄가을이면 많은 이들이 산을 찾는다. 우리나라 사람들의 산 사랑은 세계적으로도 유명하다. 나지막한 뒷산만 올라도 고어텍스 의류 등 히말라야 고봉 등반을 위한 등산 장비를 갖추고 오른다. 어쩌면 이는 우리들의 웃을 수도 울 수도 없는 현실이다. 남들에게 보여주기 위한 과시욕도 있지만, 개개인의 욕구와 멋을 표현하는 것이라 뭐라 나무라기 어렵다.

나는 국내 산을 오를 때는 당일치기가 가능한 높이를 찾는다. 그리고 촬영 장비를 제외하고는 등산용품은 최소화하려고 노력한다. 비박의 묘미는 자연과 좀 더 가까워지는 데 있다고 생각하기 때문이다. 많은 사람들이 덜어내는 연습을 통해 몸도 마음도 가벼워지는 경험을 해봤으면 좋겠다는 게 나의 바람이다. 옷과 신발은 멋보다는 부상 등 안전 사고를 예방하고 해충과 뱀으로부터 나를 보호하기 위해 가져간다.

산악인이 아니라 비박러라서 산에서 숙박을 위한 장비는 구성이나 가격 면에서도 가성비가 좋은 것을 선호한다. 오지브로 영상을 제작하는 기본 방향은 '자연의 훼손을 최소화하자'는 것이다. 영상 역시 산을 오르는 나의 모습이 아닌, 사시사철 변화무쌍한 자연을 담으려 노력한다.

비박을 할 때 내가 가장 유용하게 쓰는 장비는 방수포다. 간혹 방수포의 브랜드가 어떤 것인지 묻는 구독자가 있는데, 사실 나도 브랜드는 잘 기억이 나지 않는다. 다이소에서 3,000원을 주고 산 것이라서 그렇다. 어느 날 다이소에 들렀는데 우연히 방수포를 발견해 사용했는데, 예상 외로 튼튼하고 천막뿐만 아니라 바닥에 깔아 쓰는 등 여러 용도로 쓸 수 있기에 애용하고 있다.

노끈 또한 빼놓을 수 없는 필수 아이템이다. 철물점에서 산 건데 여느 등산용 밧줄보다 저렴하고 튼튼해서 부담 없이 잘 쓰고 있다. 한 번 쓰고 버리기에는 너무 멀쩡해서 안전상 이상이 없으면 재활용하고 있다.

박지에서 가장 큰 도움이 되는 비박 아이템은 자연에서 얻은 것이다. 박지 주변에 흔히 있는 돌, 나뭇가지, 바위 등은 자연 그대로의 아이템이다. 사용 후 원래 위치로 돌려놓으면 되니 자연 훼손도 없고, 누구나 무료를 쓸 수 있는 자연의 선물인 셈이다. 간혹 박지 정리를 안하고 자연을 훼손한 상태에서 그냥 내려오는 분들이 있다. 이는 뒤에 오는 비박러뿐만 아니라 환경 보호를 위해서도 주의해야 한다.

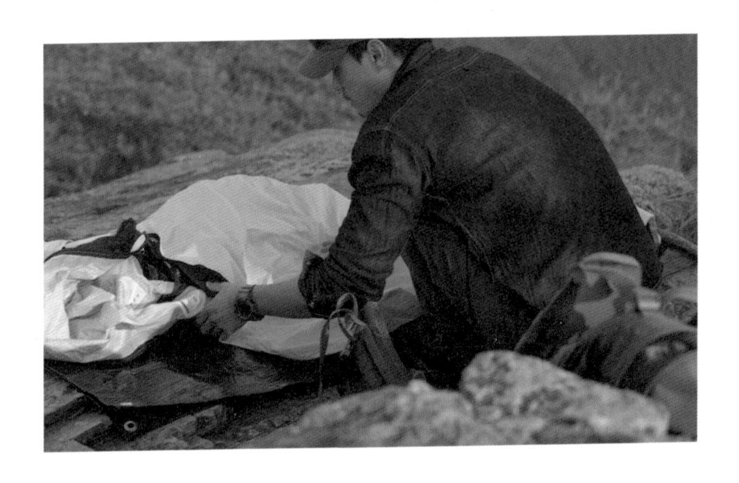

내가 가장 사랑하는 비박 아이템은 노란색의 비비색이다. 비비색은 한뎃잠을 잘 때 사용하는 비상용 간이텐트를 의미하는데 침낭 커버 같은 느낌의 아이템이다. 절벽 등 텐트를 치기 어려운 곳에서 잠시 쉬거나 밤을 보내야 할 때 사용할 수 있어 여러모로 쓰임새가 많다. 나 역시 추운 겨울이나 비가 올 때 반드시 챙기는 아이템이다.

박지의 바닥이 고르지 않거나 잔돌이 많을 때 혹은 습한 바닥으로부터 나를 보호할 수 있는 장비로는 매트가 있다. 나는 상황에 따라 에어 매트와 발포 매트 두 가지를 사용한다. 비비색을 사용하지 않을 때 바닥에 매트를 깔고 방수포를 치면 근사한 자연 호텔이 된다. 가볍고 부피도 작아서 휴대가 간편하다.

처음 비박을 시작한다면 이 취미를 계속할 수 있을지 모르니 장비는 최대한 저렴하고 간소하게 구성하는 것이 좋다. 장비가 비싸면 비박에 접근하기 어렵고, 장비가 많으면 휴대하기 버거워 더 고된 산행이 될 것이기 때문이다. 본인이 가지고 있는 장비로 시작하되 일상에서 쉽게 구할 수 있는 아이템으로 시작할 것을 추천한다.

"비박 성공의 9할은 체력과 정신력이고,
1할이 장비다."

part 2

포기하지 않아야 보이는 것들

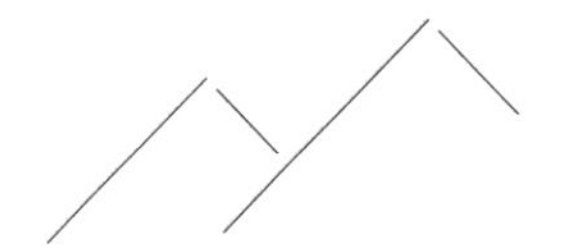

비가 내리는 산 절벽에서 텐트 없이 보내는 하룻밤

힘든 산행을 하면서 내가 무슨 생각을 하는지 궁금해 하는 구독자들이 있다. 솔직히 말하면 아무 생각도 하지 않는다. 무념무상의 상태라고나 할까. 내 마음은 점 하나 없는 백지 상태다. 그 텅 빈 공간을 시시각각 변하는 산의 풍경으로 가득 채운다.

산을 오르면서 알게 된 사실이 하나 있다. 바로 모든 산은 그 나름의 냄새가 있다는 사실이다. 같은 산이라도 고도에 따라 그 맛이 다르다. 산을 오르면서 달라지는 풍경과 함께 숲, 땅, 나무, 비 냄새가 온몸을 감싼다. 내가 매번 다른 산을 오르는 이유이기도 하다.

나는 주로 산행 장소를 결정할 때 인터넷 서핑을 하거나 주변 사람들의 도움을 얻기도 한다. 다양한 정보를 찾아봤음에도 늘 기대에 만족하는 것은 아니다. 아무런 기대를 하지 않고 찾은 곳에서 예상치 못한 큰 기쁨을 느끼기도 하고, 큰 기대를 안고 오른 곳에서 실망하고 하산할 때도 있다.

'비가 내리는 산 절벽에서 텐트 없이 보내는 하룻밤'이라는 콘텐츠는 조회 수가 460만 회에 이를 정도로 큰 사랑을 받았다. 10분가량의 이 콘텐츠는 큰 고통과 좌절감을 딛고 만들어졌는데, 내게는 너무도 소중한 경험의 산물이기도 하다. 사연은 이렇다. 산 초입부터 정상까지 정말 온갖 고생을 다 하면서 정성껏 풍경을 담았는데, 나중에 확인해보니 메모리가 다 지워지고 영상은 온데간데없었다. 이때의 허탈감이란…. 그때는 다리 힘이 풀려 털썩 주저앉고 싶은 심정이었다.

하는 수 없이 산 초입으로 내려와 산행을 다시 시작했다. 정상으로 다시 올라가려니 시간이 부족해서 이대로 가다가는 캄캄한 어둠 속에 갇힐 것 같은 느낌을 받았다. 결국 저녁 6시 30분경 정상 가까운 곳에 박지를 정하고 짐을 풀었다.

다행히 한여름이라 해가 지지 않아 주변은 여전히 밝았다. 저녁으로 미역국에 햇반을 말아 먹었는데, 미역에서 고기 맛이 났다. 엄마표 김치까지 더하니 삼박자가 딱딱 들어맞았다. 아무리 시장기가 반찬이라 하지만, 전 세계 어느 산해진미에도 뒤지지 않는 꿀맛 같은 저녁 식사였다.

식사 후에는 꼭 식기를 휴지로 닦아낸다. 이는 야생동물이 음식 냄새를 맡고 찾아오지는 않을까 하는 걱정과 다음 아침 식사를 위한 준비이기도 하다. 사람들이 많이 다니지 않는 곳이니 당연히 야생동물도 많다. 해충이나 벌레도 많다.

나는 산에 오를 때 항상 긴팔과 긴바지를 입는다. 이는 문신이나 흉터 때문이 아니라 해충이나 벌레들의 습격에 대비하기 위해서다. 산행으로 땀에 흠뻑 젖은 옷을 갈아입을 때의 상쾌함이란 샤워할 때의 시원함과는 또 다른 기쁨이다. 산바람에 땀이 기화하면서 느껴지는 청량감이 너무 좋다. 이 또한 산행의 묘미가 아닌가 한다.

무더운 여름철 산 위에 바람이라도 불면 산행의 기쁨은 배가 된다. 시원함은 말할 것도 없고 바람에 벌레와 모기도 사라지기 때문에 성가시지 않은 밤을 보낼 수 있다. 그날도 그랬다. 정상까지 기껏 찍은 영상이 날아갔다고 그냥 하산했다면 느낄 수 없었던 행복감이었기에 더 소중했다. 산행을 하루에 두 번 한 셈이었지만 그날의 힘듦이 행복으로 뒤바뀌는 순간이었다.

비박을 하면 습관적으로 새벽 5시가 조금 넘으면 잠에서 깨게 된다. 정말 감사하게도 어제의 짙은 곰탕 같은 하늘은 온데간데없고 맑은 하늘 저 끝에서 붉은 태양이 솟고 있었다. 태양이 막 떠오르기 시작할 때의 색감은 그 어떤 유명한 낭만주의 화가라도 그릴 수 없는 색이다. 온몸에 전율이 느껴질 정도로 아름다움 그 자체다.

아침으로 호박죽을 먹는데 역시 너무 맛있다. 먹으면 속이 편하고 개인적으로 좋아하는 음식이라 자주 먹는다. 누군가는 먹으려고 산행하냐며 묻는 분이 있는데, 정말 비박 후에 먹는 아침은 그 어떤 것을 먹어도 감사하고 맛있다.

누구에게나 절망의 순간이 찾아온다. 그 순간을 전복시키는 것은 나의 태도, 삶을 대하는 자세라고 생각한다. 세상이 나한테만 불공평한 것 같고 우울함이 느껴진다면 한 번이라도 비박을 해보라고 권하고 싶다. 아무런 장벽 없이 자연의 숨결을 느끼면서 힘듦 후에 찾아오는 행복을 꼭 느꼈으면 한다.
언제나 그렇듯이 박지를 정리하고 하산할 때면 이번에도 무언가를 해냈다는 뿌듯함과 고생이 끝났다는 마음에 콧노래가 절로 나온다. 그리고 몇 시간 후면 집에 돌아가 편히 쉬면서 엄마가 해주시는 밥을 맛있게 먹을 생각에 마치 구름 위를 걷는 것처럼 발걸음이 가벼워진다.

"위기가 기회이니 어떤 상황에도 절대 포기하지 말자."

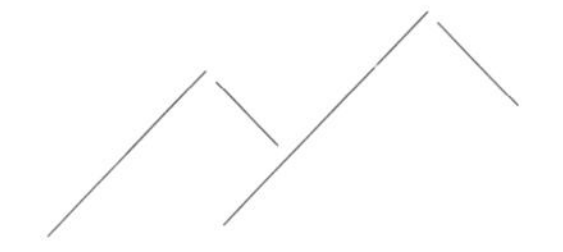

1,200m 산 절벽 바위틈에서 텐트 없이 하룻밤

누가 뭐라 해도 산행하기 가장 좋은 때는 10월 초다. 우리나라의 가을은 세계 어디에 내놔도 손색이 없을 정도로 아름다운 계절이다. 나 역시 가을 산행을 좋아한다. 숲이 빨강, 주황, 노랑, 초록으로 물들어 마음까지 환해진다. 가을빛을 품은 색감이 너무 예쁘고 아름답다. 이런 곳에 오면 악인도 예수가 되지 않을까? 기후상으로도 덥지도 춥지도 않은 데다 산속에서 느껴지는 청량감까지 더해져 기분이 한결 좋다.
정상 부근에 박지를 정하고 나뭇잎, 나뭇가지 등을 끌어와 잠자리를 만들었다. 바위가 천연 바람막이처럼 사방에 둘러싸여 아늑했다. 신께서 누군가 이곳에 올 것을 미리 아시고 수만 년 전에 이런 지형을 만들었나 싶을 정도였다.
정상 부근에서 목이 마르면 조금 참았다가 정상에 도착해 목을 축인다. 집에서 가져온 물이기는 하지만 이때 마시는 물맛은

지상 최고의 맛이다.

이번 산행에서는 초등학교 때의 추억을 되살려 옛날 도시락을 준비했다. 사각형의 양은 도시락통에 흰쌀밥, 달걀부침, 스팸, 그리고 볶은 김치를 넣었다. 좀 식긴 했지만 데울 수 없으니 그냥 밥 한 숟가락에 스팸 한 점과 김치를 얹어 먹었다. "와~"라는 감탄사가 절로 나왔다. 역시 스팸이 진리다. 식었어도 밥 한 그릇 뚝딱이었다. 평소 입맛이 없는 사람도 이런 상황에서 밥을 먹으면 집 나간 입맛도 돌아올 수밖에 없다.

또한 정상에 올라 식후 마시는 술 한 모금은 약이다. 오늘은 막걸리가 어울릴 것 같아 페트병에 담아 왔다. 뚜껑을 조심스럽게 열고 한 모금 마셨는데 이건 지상의 맛이 아니었다. 정말 "예술이야."라는 말이 절로 튀어나왔다. 살짝 취기가 올라올 때의 기분은 정말 끝내준다. 더욱이 세상 풍경을 다 품은 듯 웅장한 산 정상에서라면 두말할 필요가 없다.

정상에서 풍경을 제대로 즐기기 위해서는 하루를 살 마무리해야 한다. 취침 준비부터 시작한다. 탈의 후 옷을 개는 것은 나의 오래된 습관이다. 공간을 덜 차지할 뿐만 아니라 뭔가 정리된 느낌이 좋아서 항상 빼놓지 않는 나의 오랜 습관 중 하나다. 슬슬 매트도 꺼낸다.

예전에는 매트에 바람을 불어 넣는 일이 고역이었다. 머리가 띵하고 목까지 아파서 목덜미를 잡게 된다. 다행히 지금은 장비가 생겨서 옛날처럼 입으로 불어 바람을 넣지 않는다. 매트에 바람까지 넣었으니 이제부터는 제대로 된 휴식 시간이다.

경치가 좋은 곳은 염소 똥이 너무 많아서 차선책으로 바위틈으로 박지를 정했는데 차선이 최선이 되었다. 밤에는 그냥 멍을 때리기도 하고, 별을 바라보기도 하며, 휴대전화 메모장에 일기를 쓰며 시간을 보낸다.
밤 11시가 넘어가니 기온이 영하로 떨어졌다. 해발 1,000미터가 넘는 곳이라 추운 밤이 될 것 같았는데, 생각보다도 춥지 않아 편하게 잤다. 바닥이 평평하고 바위가 바람도 막아줘 가능한 일이었다.
수백 번을 산에서 잤는데도 볼 때마다 감동하는 순간이 있다. 산속에서 일출과 일몰을 볼 때다. 지금이 바로 그 일출을 만날 시간이다. 밖으로 나오니 바위 뒤에 감춰져 있는 붉은 색감이 나를 설레게 한다. 마치 무지개가 나를 감싸는 듯한 느낌을 받았는데, 이를 '브로켄 현상Broken Phenomenon'이라고 한다.
일출을 보며 커피를 탄다. 뜨거운 물에 커피믹스 두 개를 넣어 에스프레소 투 샷 느낌으로 마셨다. 역시 커피믹스의 제 맛은 산에서 즐기는 것이다. 더욱이 근사한 커피잔이 아닌 비화식 통에 풀어 마시니 더 운치가 있다.
일출도 눈부시지만 무엇보다 발아래 펼쳐진 운해가 가슴 벅차게 아름답다. 비박의 묘미는 자연과 좀 더 가까워지는 데 있다. 눈앞에 햇살이 흐르고 발아래 구름이 스며든다. 산행하는 모든 이들의 바람 중 하나가 운해를 만나는 것인데, 오늘도 난 운이 좋다. 산속에서 나는 잠시나마 운해를 품은 신선이 된다.

"비박의 참맛은 묵혀 두었던 스트레스를 다 털어내고
자연에 좀 더 가까워진다는 데 있다."

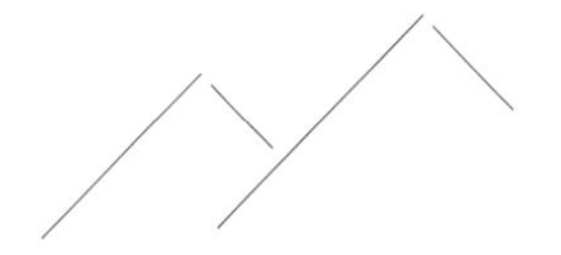

영하 20도,
설동에서 보내는 하룻밤

설동에서 보내는 하룻밤은 어떤 느낌일까. 설동雪洞, '눈 속을 파서 만든 구덩이'라는 의미와는 달리 그 안은 텐트를 치는 것보다 더 따뜻하다. 영하 20℃의 날씨라도 설동 내부 온도는 0℃로 유지된다. 텐트보다 설동이 더 따뜻한 이유다. 더욱이 사람의 온기가 설동 안을 데우면서 따뜻함은 배가 된다.

겨울 산은 복병이 많다. 저체온증은 물론 동상과 화이트아웃에 대해서도 잘 알아두어야 한다.

빙벽 등반이 겨울 산행의 전부라 알고 있는 이들이 많다. 겨울 산행을 다니면서 느낀 것은 설산에서 겪는 어려움을 극복하는 게 진정한 의미의 등산이라고 할 수 있다. 그 위험을 받아들이지 않고서는 설산에서만 느낄 수 있는 기쁨을 누릴 수 없다.

허리까지 빠지는 눈 속을 걸을 때는 어느 정도의 위험은 감수해야 한다. 눈 속에 나뭇가지가 있을 수 있고, 작은 바위나 돌 때문에 상처를 입을 수도 있다. 눈이 허벅지까지 빠지면 스틱을 이용해 체중을 앞에 두고 나아간다. 무릎으로 눈을 치우듯 헤치듯 가고 허벅지로 눈을 밀며 나아가는 게 좋다. 잘 녹는 눈이더라도 바람까지 불면 눈이 몸에 달라붙기도 한다. 그럴 때 체감 온도는 더 떨어진다. 또한 빛의 반사가 심해 꼭 고글을 쓰는 게 좋다. 눈 때문에 눈이 부셔 방향 감각을 잃는 경우도 있기 때문이다.

간혹 깊은 눈 속을 거닐다가 작은 골짜기 같은 곳에 빠져 다리를 다치기도 한다. 보통은 작은 눈삽을 가져가는데 한번은 커다란 눈삽을 가져갔다. 설동을 제대로 만들어보고 싶은 욕심에서였다. 자연과 한몸이 되어줄 설동에서의 하룻밤이 설렌다. 설동은 두껍게 만들어야 잘 녹지도 않고 무너지지도 않는다. 함께한 동생이 생긴 거와는 달리 겁이 많다. 무너지면 그 무게 때문에 죽을 수도 있다는 동생의 걱정 때문에 위쪽을 조금 가볍게 만들었다. 그러나 실상은 위쪽이 두꺼울수록 설동은 더 튼튼하고 안전하다.

설동을 만드느라 삽질을 열심히 했더니 목이 타 술 한잔하고 싶어서 준비해간 동동주를 꺼내서 마셨다. 그러나 생각보다 동동주의 양이 많고 춥기도 해서 반도 못 마셨다. 비록 다 비우지는 못했지만, 옥수수 동동주는 정말 시원했고 맛도 끝내줬다.

겨울에는 밖에서 소변을 보는 것도 정말 고된 일이기 때문에 겨울 산행을 가면 최대한 물을 적게 마신다. 허기진 배를 채우고자 전투 식량인 라면밥을 먹었는데 과연 끝내주는 맛이다.

배가 부르니 졸음이 몰려왔다. 거짓말 하나 안 보태고 정말 꿀맛 같은 잠을 잤다. 아늑한 집에서 자도 이렇게 편히 깊은 잠을 자기는 힘들 텐데 말이다.

어제 동생이 깜빡하고 바지를 밖에 두었는데 꽁꽁 얼어 있었다. 그 모양이 너무 우스워 우리 둘은 어린아이처럼 깔깔대고 웃었다. 아침이 되니 예상대로 설동이 조금씩 내려앉고 있었다. 설동이 곧 무너질 거 같아서 우리는 서둘러 밖으로 나왔다. 설동에 있다가 밖에 나오니 너무 추워서 다리가 달달 떨렸다. 설동 안과 밖의 온도 차는 거의 20℃ 이상이었다.

겨울 산행을 떠났을 때 설동을 잘 만드는 팁을 소개하자면 땅에 눈을 두껍고 단단하게 쌓아 올려야 한다는 것이다. 그리고 그 안을 조심스럽게 파내면 된다. 보통은 한두 사람이 들어갈 정도로 작게 만들어야 사람 온기만으로도 따뜻하게 지낼 수 있다.

"인생에 한 번쯤은 설동에서."

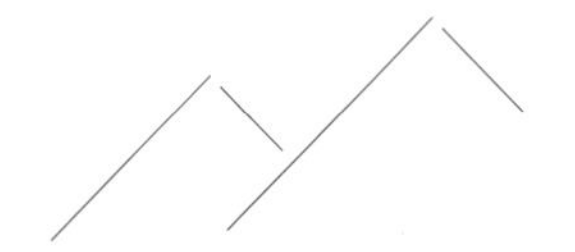

밤새 폭우가 쏟아지는 1,100m 산속에서 텐트 없이 하룻밤

장마가 끝난 8월의 산행은 7월보다는 덜 습하다. 하지만 햇볕이 워낙 강해서 자외선 노출이 강한 산보다는 숲이 우거진 곳을 찾아 떠났다. 백패킹의 3대 성지 가운데 하나인 강원도의 선자령은 바다인 인천 굴업도와 제주 비양도와는 달리 산이 주는 또 다른 멋이 있는 곳이다.

대개 박지는 선자령에서 풍경이 가장 아름답기로 소문난 풍력발전소 근처로 잡는다. 그러나 그곳이 사유지이기도 하고 괜히 서로 불편한 일을 만들지 않기 위해 인근 숲길로 들어가 박지를 잡았다. 친한 동생과 함께하는 산행이었는데, 해병대를 제대하고 터프한 이미지의 외모와는 달리 벌레를 무서워한다. 다행히 벌레는 많지 않아 산뜻한 기분으로 산에 오르기 시작했다.

원래 비가 온다는 예보가 있었으나, 많이 내리지는 않는다고 하여 텐트가 아닌 방수포를 준비했다. 집 근처 철물점에서 만

원 정도에 구매한 방수포는 그늘막이 되기도 하고, 가볍게 내리는 비를 피하는데도 그만인 가성비 끝판왕 아이템 중 하나다. 보통 비가 내릴 때는 A자 모양으로 만들어야 하지만 우리는 비를 좀 맞더라도 숲멍을 때리기에 좋은 시야를 확보하기 위해 ㄱ자로 방수포를 설치했다.

부슬부슬 내리는 비를 음악 삼아 먹는 사발면은 정말 소름 끼치도록 맛있었다. 정말 둘이 먹다가 하나가 죽어도 모른다는 말이 실감 날 정도였다. 더욱이 친한 동생과 음식을 함께 먹으니 먹는 재미가 더 있었다. 원두커피가 끓여 먹는 라면이라면 커피믹스는 사발면에 비유할 수 있다. 인생 라면을 경험하고 싶은가? 비 오는 날 숲에서 숲멍을 때리면서 먹으면 된다.

둘이 산행하더라도 밤에 하는 일이라고는 그냥 아무 생각 없이 숲을 바라보는 것이다. 숲멍이 지루해지면 동생과 시시콜콜한 얘기를 하며 깔깔대고 웃다가 풋고추를 된장에 찍어 먹기도 하면서 시간을 보냈다. 방수포 안으로 비가 조금씩 들어오기는 했으나, 더 많이 내릴 것 같지는 않아서 비를 맞으면서 자기로 했다.

그러나 우리의 기대는 보기 좋게 빗나갔다. 갑자기 비가 엄청나게 내리기 시작했기 때문이다. 비가 덜 들어오도록 방수포를 정비하고 우비를 입었다. 밤을 새울 각오로 우비를 입은 채 내리는 비를 바라봤다. 비를 맞고 옷이 젖어 조금 고생스러웠지만, 그만큼 낭만은 배가 되었다. 사람에 따라서는 고행이겠지만, 느끼는 것이 많다 보니 더 진한 추억으로 남게 된다.

빗소리와 폭우 때문에 잠은 거의 자지 못했다. 몸은 천근만근 무거웠지만, 아침은 변함없이 찾아왔다. 비는 멈출 줄 모르고 여전히 숲에 물을 주고 있었다. 쉼 없이 내리는 비 때문에 아침 준비가 어려워 우리는 사과 한 개와 호떡 한 개로 빈속을 달랬다. 산에서 내려가면 국밥을 잘하는 식당에 들러 허기진 배를 채우기로 했다. 그 생각만으로도 하산하는 발걸음이 가벼웠다. 내려오는 길에 두꺼비를 마주쳤다. 마치 "밤새 잘 지냈어?"라고 인사를 하는 듯해 반가웠다.

"우중 캠핑은 고생한 것에 비례해 낭만을 선물해준다."

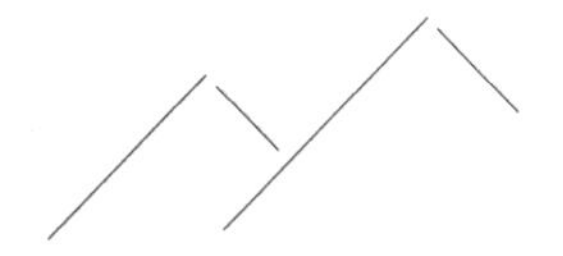

일본 알프스 3,000m
비바람이 부는 산에서 홀로 우중 캠핑

일본 축구 유학 시절에도 가보지 못한 일본 알프스. 그동안 개인적으로 아끼고 아낀 장소라 떠나기 며칠 전부터 설렘과 기대로 밤잠을 설쳤다. 총 5박 6일의 일정이지만, 실제 산행은 2박 3일이었다. 산행 기간 내내 날씨가 좋기만을 기도했다. 일본 알프스의 산신령께서 내게 청명한 날씨를 주실 것이라 믿고 비행기에 몸을 실었다.
일본의 고산에는 정말 가끔이지만, 곰이 출몰한다고 해서 베어벨, 푸마벨 또는 곰벨이라는 것을 배낭에 달았다. 우리나라 산에 멧돼지가 있다면 일본에는 곰이 산다고 하니 우리나라와는 클래스가 조금 남다르다고 생각했다. 산행하면서 종종 마주치는 종이 있는데, 그 종을 흔드는 것은 소리가 멋스럽기 때문이 아니라 곰에게 인기척을 알리기 위함이란다.
일본은 자판기의 나라다. 일본에 살 때 별의별 자판기를 다 봤는데, 산속에도 어김없이 자판기가 있었다. 카레우동을 먹고 싶어 950엔에 주문했더니 잠시 후 직원이 음식을 가지고 나왔다. 간편식 카레우동이 아니고 조리한 것이어서 더 맛있었다. 사실 산행 중에는 무엇을 먹어도 맛있겠지만 말이다.

등산로를 걷는데 곳곳에 '곰 출몰 조심'이라는 표시판이 눈에 띄었다. 잔뜩 긴장한 상태로 걸음을 옮겼다. 혹시 곰을 만나면 사진을 찍거나 소리를 지르지 말라고 하는데, 만약 만나게 되면 그냥 얼음이 될 것 같았다. 일본 알프스의 산신령께서 그런 특별한 경험은 주지 않으시기를 기도할 뿐이었다.

숙소에 도착해 짐을 풀었다. 성수기라면 예약하기도 쉽지 않은 숙소를 예약도 없이 나 혼자서 독차지하는 호사를 누렸다. 다다미방이었는데 산장 곳곳에서 깔끔함을 느낄 수 있었다. 숙박 비용에는 저녁과 아침, 식사 두 끼가 포함돼 있어 허기진 배를 영양식으로 채울 수 있을 것 같았다. 한국이었다면 대충 간편식으로 끼니를 때웠겠지만, 정말 호사스럽게 영양 만점, 맛도 최고인 식사를 즐겼다.

일찍 잠자리에 들어 새벽 4시 50분경 잠에서 깼다. 이른 아침 식사를 마치고 산행을 시작했다. 다행스럽게 비가 내리지 않아서 편하게 산에 오를 수 있었다. 한국에서도 마찬가지지만, 촬영과 산행을 혼자서 모두 담당하는 1인 유튜버라 실제 이동 거리는 70% 이상 더 길었다.

눈길에 접어들면서 눈이 언 곳에서 미끄러짐을 방지하는 크램폰을 등산화에 장착했다.

Ring this bell
野生のクマが生息
している地域です。
鐘を鳴らして
お進みください。

무엇보다 고산병을 걱정했는데, 다행히 고산 증세는 오지 않았다. 보통 이런 곳은 안전상의 이유로 나처럼 1인 등반보다는 여러 명이서 함께 오는 것을 추천한다. 만약 넘어져 다치거나 고산병이 왔을 때 도움을 청할 수 없기 때문이다. 실제로 산장과 산장 사이에는 위급 상황 시 도움을 받을 곳도 마땅치 않았다.
3,000미터 정상 부근에서 텐트를 치고 하룻밤을 묵기로 하고, 산장에서 일정 비용을 지불하고 신상 정보를 적었다. 가지고 있는 물이 부족해 산장에서 구매하면서 맥주 한 캔도 자판기에서 뽑았다. 한국에서 준비한 간편식으로 식사하는데 구름이 몰려오면서 비가 내리기 시작했다. 갑자기 기온도 떨어져 섭씨 0도에 가깝게 되었다.
비 때문에 정상에서 일몰과 일출을 보지 못한 게 큰 아쉬움으로 남는다. 구름에 갇히면 해와의 만남은 기대하기 어렵기 때문이다. 눈얼음으로 덮힌 산의 경사가 60~70도 정도 되어 몇 번 미끄러지고 다리에 무리도 가서 고생을 많이 했다. 크램폰을 착용했음에도 경사진 얼음에는 장사가 없었다. 갑자기 구름 사이에 밝은 태양이 고개를 내밀었다. 역경 뒤에 찾아온 희망의 천사처럼 일출과는 또 다른 감흥을 주었다.
일본 알프스의 산신령께서 일출과 일몰은 허락하지 않았지만, 내 안전만큼은 보장해주셔서 큰 부상 없이 산행을 마칠 수 있었다. 비와 구름으로 일본 북알프스의 산 능선을 감상하지 못한 것은 여전히 아쉬움으로 남는다. 날씨가 좋을 때 일본 알프스의 진면모를 보러 다시 한 번 와야겠다.

22

"고난과 역경 뒤에는
어김없이 새로운 희망이 찾아온다."

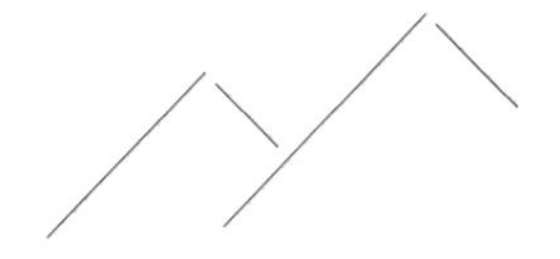

경이로운 운해 위에서 하룻밤

(3,550m 히말라야 하이캠프)

태평양 하면 끝없이 드넓은 바다가 연상되듯 히말라야 하면 세계 최고봉의 산들을 품은 거대한 산맥이 떠오른다. 히말라야는 이번이 세 번째다. 산스크리트어로 '만찬'을 의미한다는 안나푸르나. 세계에서 열 번째로 높은 산이며 전 세계 산악인들의 집결지이자 산을 좋아하는 사람은 한 번쯤 등반을 꿈꾸는 곳이다. 이름만큼이나 아름답고 경이로운 안나푸르나를 만날 수 있다는 기대감과 3,500미터가 넘는 고산에서 비박할 수 있다는 설렘을 안고 비행기에 올랐다.

이번 산행은 친구와 함께했는데, 사방팔방이 뻥 뚫린 히말라야를 친구와 이야기를 나누며 오르니 혼자일 때와는 또 다른 재미가 있었다. 우리는 로우캠프(2,995미터)를 지나 하이캠프(3,550미터)에 박지를 정하고 텐트를 쳤다. 보통 산장에서 숙박하는 경우가 많지만 우리는 히말라야 자연의 품에 더 안기고

MARDI ROUTE
HIGH CAMP

싶은 마음에 비박을 결정했다.

그런데 어제까지 멀쩡했던 친구의 상태가 심상치 않았다. 심한 두통과 메스꺼움을 동반한 고산병으로 괴로워했다. 마침 산장 식당에 한국인 여성 두 분이 있었는데, 그중 한 분이 간호사였다. 고산병에 효과가 있는 알약을 주시면서 물도 자주 마시고 소변을 보면 증세가 조금 호전될 수 있다고 했다. 고산병에는 마늘 수프가 좋다고 해서 저녁 식사로 주문해 함께 먹었다. 다행히 시간이 지나면서 친구의 컨디션도 조금씩 나아졌다.

우리 텐트 아래로는 구름이 카펫처럼 깔려 있었다. 마치 우리가 구름을 타고 노니는 신선 같은 착각이 들었다. 구름 위로 뛰어들면 폭신한 침대처럼 우리를 받아줄 듯했다. 석양이 구름 위 하늘을 온통 붉게 물들였고, 이윽고 밤이 찾아왔다.

추위에 대비해 그 어느 때보다 옷을 단단히 입고 침낭 안에 핫팩까지 넣었다. 사방이 뻥 뚫린 곳에서 영하 11도의 날씨를 견디기란 여간 힘든 일이 아니다. 다행히 고산병 증세가 없었던 나는 잠시 재정비를 하고 텐트 밖으로 나왔다. 추위 따위에 이 순간을 그냥 흘려버리기가 너무 아까웠기 때문이었다. 히말라야 밤하늘의 별은 어떨까 궁금해 하늘을 올려다보니 하늘이 온통 별로 가득 차 있었다. 마치 손을 뻗으면 별이 닿을 정도로 가깝게 느껴졌다. 운해와 별만 봐도 히말라야 산행의 본전은 뽑은 것이나 다름없었다. 하늘에 뜬 별을 바라보며 멍을 때리다 보면 아무 소리도 들리지 않는다. 느릿느릿 고요하게 숨을 쉬는 밤. 혼자 있으면서 혼자를 알아간다.

긴 밤이 지나고 아침이 밝았다. 발아래에는 어제처럼 솜사탕 같은 운해가 펼쳐져 있었다. 우리나라에서는 운해를 만나는 일이 쉽지 않은데 히말라야에서의 운해는 마치 산책길에서 만나는 흔한 동네 풍경 같다는 생각이 들었다. 운해 저 너머로는 붉은 태양이 고개를 내밀고 있었는데, 운해의 색감이 시시각각 변하는 모습이 너무 몽환적이었다.

우리는 최소한의 장비로 박지에서 4,250미터 마르디히말 뷰 포인트까지 700미터를 올랐다. 산소 양이 적어 평소보다 천천히 올랐음에도 숨이 차고 다리도 무거웠다. 몸은 무거웠지만 히말라야 산신령께서 청명한 날씨를 허락해준 덕에 우리는 히말라야 설산을 마음껏 감상할 수 있었다. 다행스럽게도 친구의 고산병은 하산하는 길에 거의 다 나았다.

산행을 마치고 포카라 호숫가를 걸으니, 마치 세상을 다 가진 듯 행복했다. 무엇보다 맑은 날씨 가운데 우리 둘 다 큰 탈 없이 산행을 끝냈다는 것에 감사했다. 그리고 더 감사한 것은 히말라야를 오르면서 친구와 고통 끝에 찾아온 희열을 함께 누렸다는 사실이다.

“친구는 기쁨을 두 배로 하고, 슬픔을 반으로 나눈다.”_키케로

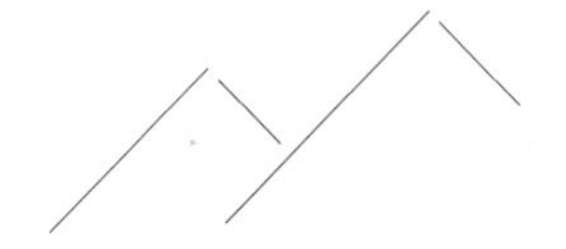

카누 타고 오지로 들어가 홀로 하룻밤

개인적으로 가지고 있는 장비 중에 카메라와 렌즈 다음으로 비싼 게 조립식 카누다. 큰마음을 먹고 100만 원 가까이 비용을 들여 장만한 것이라 그만큼 내가 애정하는 아이템이다. 조립식이라 접으면 부피가 작아져 차량으로 이동할 때 트렁크에 넣으면 그만이다. 인적이 드문 호숫가에서 하루를 보내기 위해 조립식 카누를 타고 1시간 30분 이상 노를 저었다. 계곡 한편의 모래톱 위에 박지를 정하고 텐트를 쳤다.

계곡에서 캠핑할 때는 무엇보다 기상예보에 귀를 기울여야 한다. 갑자기 비라도 내리면 계곡은 순식간에 물이 불어나 굉장히 위험하기 때문이다. 그래서 장마철에는 아무리 계곡이 아름답더라도 비박을 피하는 게 좋다.

평소 본인이 수영에 자신이 있다 하더라도 구명조끼는 반드시 입은 후 카누에 올라야 한다.

mont·bell

갑자기 카누가 뒤집히면 물을 먹게 되는데, 이런 경우 당황하느라 순발력이 떨어져 무척 위험하기 때문이다.
무더운 날씨 때문에 흘린 땀을 닦고 세수도 할 겸 해서 자연 수영장에 뛰어들었다. 인적이 없는 곳이라 누구도 신경을 쓰지 않고 자유로이 목욕을 즐겼다. 주변에서 긴 나뭇가지를 주워 모랫바닥에 박은 후 랜턴을 걸으니 제법 그럴싸한 자연 가로등이 완성됐다. 저녁 식사로 편육과 쌀밥 그리고 우엉조림을 먹었는데, 시원한 맥주 한 캔이 절로 생각났다.
인적이 드문 오지에 가면 꼭 밤에는 노래를 부르게 된다. 평소 혼자 노래 부르는 것을 좋아하기도 하지만, 사실 가만히 있으면 뭔가 섬뜩하기도 하고 무섭기도 해서다. 지금 햇수로 15년 정도 비박을 했는데 솔직히 아직도 혼자는 무섭다. 무섭기는 하지만 비박하는 노하우가 쌓이니 이제는 그 고독함을 좀 즐기게 되었다. 그럼에도 아직은 무서움을 확실하게 이겨내지 못했다. 노래를 부른다고 상황이 변하는 것도 아니지만, 신기하게 기분이 한결 나아진다. 이 시각 최고의 백색소음인 계곡의 물소리를 들으며 이런저런 생각을 했다.
이곳처럼 인적이 드문 계곡은 야생동물이 물을 마시기 위해 출현하기 때문에 주변 소리에 귀를 기울여야 한다. 오후에 보니 모래톱 위에 다양한 야생동물 발자국이 있어서 더 걱정되었다. 따지고 보면 내가 불청객이고 야생동물은 이곳의 주인인데, 뭔가 주객이 전도된 느낌이었다. 이런 걱정도 잠시 너무 피곤한 나머지 이내 곯아떨어졌다. 물소리를 제외하고는 워낙 조용한 곳이어서 꿀잠을 잤다.

아침에 일어나 계곡물로 향하는데 바닥에 뱀이 있는 줄 몰라 하마터면 밟을 뻔했다. 만약 반바지를 입고 뱀을 밟았다면 뱀이 놀라 내 다리를 물었을 것이다. 이런 이유로 난 항상 산행 시 긴 바지를 챙긴다. 산 아래로 내려가 맛있는 국밥을 먹을 예정이라 아침 식사는 간단히 끓는 물에 가루 수프를 풀어 먹었다. 텐트를 걷고 박지를 이전과 같이 정리한 후 카누에 몸을 실었다. 신기한 것은 카누를 타고 계곡으로 들어갈 때와 나올 때의 기분이 다르다는 것이다. 들어갈 때는 초행길이라 무슨 일이 생길지 몰라 더욱 긴장 반, 자유로움 반이었다. 그러나 나올 때는 이제 집으로 돌아간다는 마음 때문인지 비로소 풍경이 눈에 들어오고 무한한 해방감에 마음도 한결 가벼웠다.

"두려움과 해방감은 결국 같은 방을 쓴다."

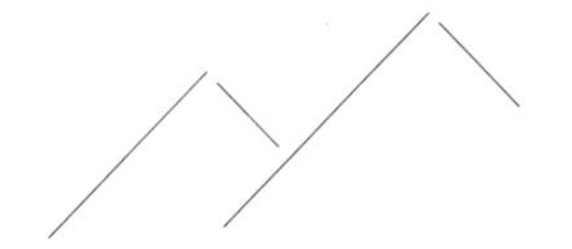

나 홀로 무인도에서 보내는 하룻밤

누구나 한 번쯤 꿈꾸는 것 중 하나가 무인도에서 그 어떤 누구의 방해도 없이 홀로 머무는 것이 아닐까 한다. 많은 비박러들이 생각만으로도 무한한 자유를 느낄 것이다. 나 역시 평소 이런 생각을 하고 있었기에 무인도로 가는 배에 몸을 실었다. 카누를 타고 아무도 없는 호숫가 모래톱에서 해방감과 자유로움을 만끽했던 추억을 곱씹으며 부푼 가슴으로 떠났다. 물론 나도 연약한 인간인지라 설렘에 비례해 두려움도 커졌다. 사실 무인도에서 어떤 일이 벌어질지 모르니까. 그리고 누구에게도 도움을 요청할 수 없기에 그 두려움은 배가 된다. 그곳에 무엇이 있는지 정보도 제한적이어서 무인도에서 만날 동물, 벌레, 환경 등에 대한 오만 가지 생각에 잠겼다.

이런 나의 생각이 너무 쓸데없는 걱정이 아니냐고 묻는 이들도 있을지 모르겠다. 예전에 축구부 선배 중 한 명이 낚싯배를 타고 가다가 납치된 사건이 있었다. 결국 그는 새우잡이 배에 넘겨졌는데 거의 2주 동안 감금돼 있다가 우여곡절 끝에 탈출했다고 들었다. 나 역시 작은 배에 올라 선장과 나 둘이 무인도로 향했는데 무슨 일이 생길지 몰라 둘 사이에 묘한 긴장감이 흘렀다. 사람이 제일 무섭다는 것을 잘 알기에 걱정을 안 할 수가 없었다.

무인도에는 벌레도 많으나, 사람의 손을 별로 타지 않아 뱀이 무척 많았다. 지네와 같은 독충도 눈에 쉽게 띄는데, 사람 손가락 굵기에 한 뼘은 되는 크기라 보는 것만으로도 소름이 끼친다. 실제 육지보다 공격성도 더 강하고 종류도 다양하다. 사람을 만난 적이 없으니 인간을 두려워하지도 않는다.

나는 박지를 정하고 해충과 뱀이 염려돼 박지 사방으로 평소보다 나프탈렌을 더 촘촘하게 뿌렸다. 걱정도 잠시, 바다를 붉게 물들이는 석양을 바라보며 묵사발을 먹는데 정말 끝내주는 맛이었다. 아이스팩에 담긴 시원한 병맥주까지 한 모금 들이켜니 그 청량감이란 이루 말할 수 없었다. 가히 똥꼬까지 찌릿찌릿한 시원한 맛이었다.

비비색 안으로 들어가 일기를 쓰고 잠시 생각에 잠겼다. 파도 소리와 벌레 우는 소리만이 무인도와 나를 감쌀 뿐이었다. 비비색 위로 벌레가 기어다니는 것 같은 느낌을 받았다. 벌레 처지에서는 너무나 자연스러운 움직임이겠지만, 나로서는 조금도 유쾌하지 않은 기분이었다. 반복되는 파도 소리는 마치 자장가처럼 들렸고, 어느새 나는 깊은 잠에 빠졌다.

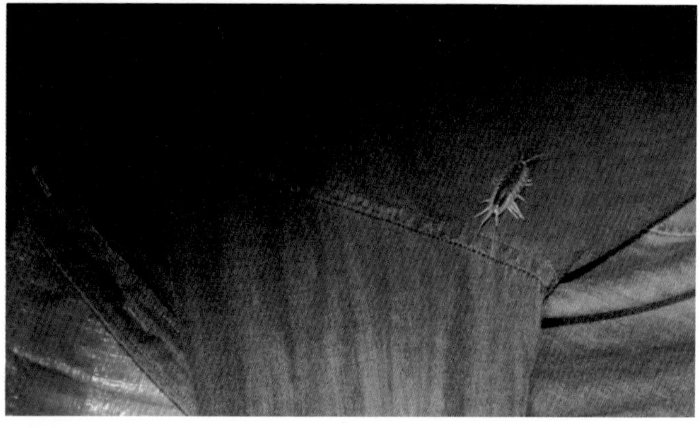

바닷가 무인도라서 그런지 8월 한여름인데도 아침과 저녁으로 선선한 바람이 불어, 마치 피서지에 온 듯하였다. 아침 식사로는 집에서 가져온 청국장과 다진 마늘 그리고 마트에서 구매한 콩비지를 비벼서 맛나게 먹었다. 박지를 이전과 같이 깨끗하게 정리하니 약속한 시각에 배가 와서 낚싯배에 몸을 맡겼다.

육지에서는 너무나 당연하지만, 무인도에 와서 머물다 가는 동안 무사했다는 사실 하나만으로도 감사했다. 육지로 돌아가는 길에 마주하는 바다 풍경은 편안한 마음 때문인지 더욱 고요하고 아름답게 빛났다.

"하루하루 무탈하게 보낸다는 것만으로도
감사한 일이다."

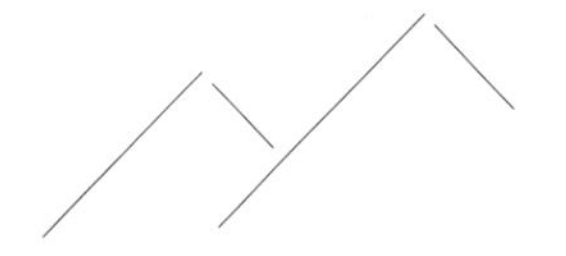

아무도 없는 깊은 산속 호숫가에서 나 홀로 하룻밤

비박지를 찾을 때 나는 우선 평소 관심 있는 지역을 메모장에 기록해 놓는다. 그 가운데 끌림이 있는 곳이 정해지면 구글맵이나 카카오맵으로 동선을 확인한다. 그 후 인터넷 검색으로 필요한 정보를 더 찾아서 떠난다. 때로는 지명을 제외하고는 그 어떤 사전 정보도 없이 길을 떠나기도 한다. 어쩌면 그것이 비박의 묘미가 아닐까.

깊은 산속 호숫가의 매력은 인적이 거의 없다는 점과 물소리와 이따금 들리는 동물 울음소리를 제외하고는 고요하다는 것이다. 무엇보다 나를 온전히 자연에 맡기게 된다는 장점이 있다. 반면 어느 정도는 내 몸을 자연에 내줘야 한다는 치명적인 단점이 있다. 한여름이라 호되게 더웠고, 무엇보다 날벌레들이 끔찍하게 많았다. 모기, 하루살이, 풍뎅이와 이름 모를 별의별 날벌레들이 박지 주변에 모여들었다. 사람 냄새와 불빛을 찾아온

것인데, 그들도 그 뒤에 벌어질 일은 전혀 예상치 못했을 것이다. 근처에서 식탁으로 쓰면 좋을 넓적한 바위를 발견해 모래를 파고 고정하니 제법 근사한 자연 식탁이 되었다. 오늘처럼 무더운 날에는 수분 보충을 위해 물보다는 오이나 풋고추가 제격이다. 역시 탁월한 선택이었다.

밤이 더 깊어지자 더 많은 날벌레가 조명 주위로 달려들었다. 정말 셀 수도 없이 많은 벌레 때문에 조명을 끌까 고민할 정도였다. 잠시 후 구세주가 등장했다. 거미 두 마리가 조명 근처에 빛의 속도로 대형 거미줄을 친 것이다. 날벌레들은 거미줄에 걸려 버둥대다가 두 거미의 저녁 만찬이 되었다. 신기한 것은 그 많던 날벌레들이 거미줄에 걸린 친구들처럼 되기 싫었는지 썰물처럼 사라졌다는 것이다. 태어나서 처음으로 거미에게 감사 인사를 했다.

거미 덕분에 날벌레는 사라졌지만, 찌는 듯한 열대야는 끝없이 나를 괴롭혔다. 텐트에서 잠을 자는데 바람이 하나도 불지 않아 너무 더웠다. 새벽이 되어서도 더위는 가실 줄 몰랐다. 마치 내가 찜질방에 있는 게 아닌가 하는 착각이 들 정도였다. 새벽에 비가 내리면서 호숫물이 차올랐고, 조명을 걸어 놓은 나뭇가지가 물에 잠겼다. 바위 식탁 또한 일부가 잠겨 아침 식사 때 사용하기가 힘들어 보였다.

아침이 되니 어디선가 바람이 불기 시작하면서 거짓말처럼 시원해졌다. 이런 때는 바람이 참 고맙다. 거센 돌풍이 아니면 야영지에서 만나는 바람은 언제나 반갑다. 내가 비박을 좋아하는 이유 가운데 하나는 평소에는 아무 느낌도, 의미도 두지 않던 것들에 감사하게 된다는 것이다.
아침으로 호박죽을 먹었다. 역시 속이 편하고 맛있다. 원두를 그라인더로 분쇄하니 커피 향이 호숫가를 가득 채우는 듯하였다. 인적은 물론 고라니 울음조차 들리지 않는 오지에서 고요함에 흠뻑 젖고 향기로운 커피까지 마시니 여기가 바로 지상낙원이었다.

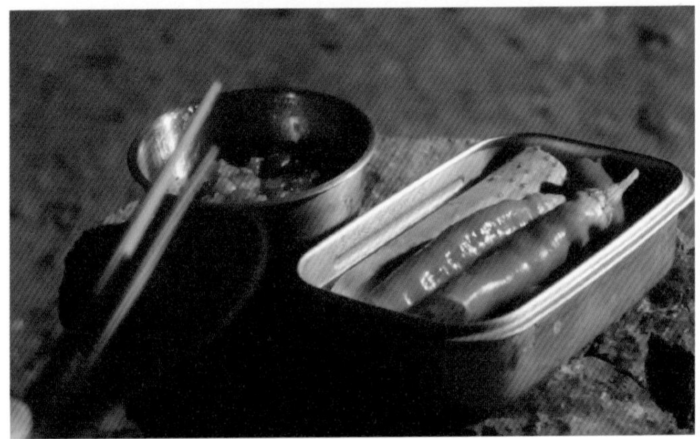

“적어도 나에게 거미는 미물이 아니다. 고마워요. 스파이더맨.”

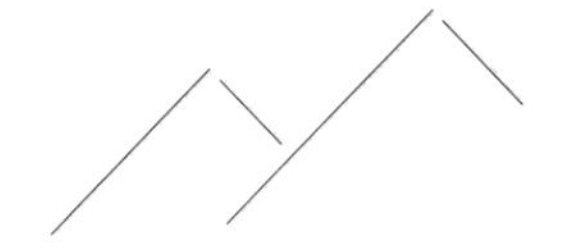

산속에서 비를 만나 깜깜한 굴속에서 텐트 없이 하룻밤

굴속에서 잠을 자면 어떤 기분일까. 그 안에는 무엇이 있을까. 혹시 위험하지는 않을까. 굴속에서 비박을 하면 어떨까를 고민하다가 든 생각의 파편이다. 꽤 오래전 등산을 하다가 이 굴을 지나치면서 나중에 여기 들러 비박하는 것도 좋겠다고 생각했었다. 마침 굴속에서 하룻밤을 자고 싶어 다시 그곳을 찾았다.

같은 굴속이라도 계절에 따라 환경이 매우 다르다. 우선 기온이 다르고 그 안에 사는 생물도 다르다. 하지만 굴은 여름에는 가지 않는 것이 안전하다. 각종 벌레와 뱀 등이 많기 때문이다. 그렇다고 추운 겨울에 가기는 힘드니 초봄 정도가 딱 맞다. 내가 그곳을 찾은 때도 3월이었다.

비박을 하면 잘 챙겨야 하는 것이 두 가지가 있는데, 식사와 잠자리다. 개인적으로 식사에 더 신경을 쓰는데, 많이 먹고 잘 먹는다기보다는 식단에 집중한다.

그리고 도시락도 내가 직접 준비한다. 그 과정도 다 비박의 일부라 생각하기 때문이다. 이번에는 사발면과 번데기로 저녁 식사를 대신했다. 사발면이야 워낙 잘 아는 맛이니 굳이 설명할 것도 없겠지만, 살짝 추울 때 뜨끈한 국물과 면은 정말 기가 막힌다. 번데기는 단백질 보충을 위한 내 나름의 영양식이라 자주 먹는다. 딱 소주 한잔이 생각나는 맛이다.

산에서 술 한잔하는 것이 큰 낙이라 보통 캔맥주 한 개를 챙긴다. 그런데 이번에는 왠지 굴속은 고독할 것 같아서 싸구려 위스키 한 병을 가져갔다.

음식에 고독한 미식가가 있다면, 비박에는 고독한 들개가 있지 아니한가. 분위기를 잡고 한 모금 넘겼는데, 독하기만 할 뿐 술맛은 정말 꽝이었다. 추운 겨울 몸을 데우는 용도가 아니면 도저히 못 마실 맛이었다. 산에서도 맛없는 게 하나 있다는 것을 배웠다.

내 영혼의 친구, 비비색. 이 녀석 하나면 세상 어디라도 나만의 호텔이 된다. 비록 좁고 깊은 굴이라 할지라도 예외는 없다. 밤에 혹시라도 야생동물이 접근할까 두려워 굴 입구 쪽에 조명을 켜둔 채 잠자리에 들었다.

솔직히 조금 긴장하면서 눈을 붙였는데, 정말 눈 깜짝할 사이에 아침이 밝았다. 비록 굴속이라는 환경이 그리 좋지 않았지만, 생각보다는 잠을 잘 잤다.

사람들은 왜 이렇게까지 산에 가는 것인지 궁금 반, 걱정 반으로 묻는다. 특별한 이유는 없다. 내가 하고 싶은 것을 해야 직성이 풀리는 성격인 데다 산에서 고생하면 할수록 내적 자아가 더 견고해지는 경험을 하기 때문이다. 고생한 만큼 경험치가 쌓이고 오래도록 기억된다. 마치 통장 잔고가 쌓이는 것처럼 나의 고생 경험치가 차곡차곡 기억의 저장고에 쌓이는 셈이다.

굴속에서의 하룻밤도 비록 길지 않은 시간이었지만, 궁상과 낭만 사이에서 나름대로 의미 있는 고생 경험치를 쌓을 수 있어 행복했다. 내가 살아 있음을 다시 한 번 느낀 시간이었다고나 할까. 산 아래에 맛있는 국밥집이 있어 아침 식사를 준비하지 않았다. 뜨끈한 국밥 한 그릇 먹으러 출발하는 발걸음이 가볍다.

“이번에도 기억의 저장고에 고생 경험치 듬뿍,

오늘도 잘 살았습니다.”

part 3

오지브로 들개로 산다는 것

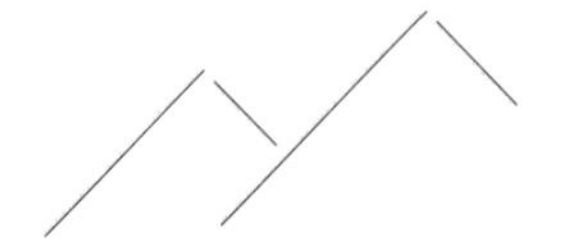

유튜브와 오지브로의 의미

인터넷에서 내 기사를 찾아보았다. '쉽게 가지 못하는 오지를 탐험하며 날 것 그대로의 여행에 도전하는 콘텐츠를 제작하는 유튜버'라고 소개되어 있다. 유튜브에서는 깨알 같이 유익한 정보부터 출처도 알 수 없는 터무니 없는 것까지 온갖 세상 정보를 망라한다. 공중파나 케이블에서는 다룰 수 없는 수위의 예능, 코미디, 다큐 등을 누구나 거의 무료로 이용할 수 있다.

세상의 모든 정보가 담긴 콘텐츠의 바다 속에서 전업 유튜버로 살아가기란 직장 생활을 하는 것 이상으로 업무량도 많고 극심한 스트레스가 따른다. 직장은 아무리 힘들어도 적든 많든 간에 월급이 나오지만 유튜버 대부분은 수익이 거의 없다고 봐도 무방하기 때문이다.

유튜버가 되기는 쉬워도 그 세계에서 이름을 알리고 수익을

내는 것은 또 다른 문제다. 이런 이유로 많은 사람이 쉽게 접근하지만 그만큼 쉽게 떠난다. 나 역시 유튜브를 시작할 때만 해도 본업이 있었기 때문에 큰 부담 없이 접근할 수 있었다. 그렇다고 뚜렷한 목표 없이 시작한 것은 아니었다. 기왕 시작한 것이니 반드시 3년 안에 전업 유튜버가 되자는 다짐을 하며 이 바다에 발을 담갔다.

유튜브를 시작하고 1년이 넘는 기간 동안 여러 시행착오를 겪었다. 그 과정에서 내가 좋아하고 잘하는 것이 무엇이 있을까 고민했다. 힘든 순간이 와도 포기하지 않고 끝까지 할 수 있는 것은 무엇일까를 두고 몇 날 며칠을 생각했다. 답은 자연으로 들어가는 것이었다. 그것도 날 것 그대로 현장을 보여주는 비박으로 마음이 정해졌다. 다행히 당시 현장 일을 그만둘 즈음 과거 다녔던 회사에서 연락이 와 이직을 할 수 있게 되었다. 나름 시간 활용이 자유로운 업무라 쉬는 날에는 유튜브에 온전히 집중할 수 있었다.

오지브로라는 이름에 대해 오해가 있어 잠시 설명하면, 우선 '오지'는 두메산골이라는 의미의 '오지奧地'라는 한자와 '허술한 데가 없이 야무지고 알차다'라는 '오지다'에서 두 글자를 따온 중의적인 의미다. '브로'는 흔히 알고 있는 '브라더'와 '로맨스'의 앞글자 하나씩 딴 것으로 친척 형과 함께하기로 해서 만들어진 것이다. 비박을 하려면 오지를 다녀야 하므로 괜찮은 이름 같았다. '오지브로'라는 이름은 이렇게 탄생했다. 그리고 우리의 1차 성공 목표는 구독자 3만 명을 달성하는 것으로 정했다.

이렇듯 오지브로는 혼자가 아닌 두 명의 남자가 시작한 것이다. 낚시를 좋아했던 형과 비박을 즐기던 내가 함께할 수 있는 것은 낚시를 떠나 비박을 하는 것이었다. 우리는 쉬는 날이면 온전히 유튜브 콘텐츠 제작에 모든 시간과 열정을 쏟았다. 영상을 찍고 편집한 결과물을 보니 우리가 봐도 지루하기 짝이 없었다. 구독자 3만 명은 고사하고 300명도 쉽지 않아 보였다.

어쩌면 낚시 자체가 따분한 것인데, 말주변이 없는 남자 둘이 하는 말을 듣자니 이건 정말 눈 뜨고 봐줄 수도 들을 수도 없었다. 영상을 찍는 것도 어려웠지만, 편집은 몇 배로 더 힘들고 어려운 작업이었다. 전에 한 번도 해보지 않는 것이어서 편집 프로그램을 배우고 익숙해지는 데 오랜 시간이 걸렸다. 어쨌든 우리는 낚시 비박을 계속했고 꾸준히 영상도 올렸다.

한마디로 낚시는 지루함 그 자체였다. 아니 내가 말을 하는 자체가 지루했다. 신기한 것은 영상 중에 간혹 재미난 것도 있어서 조회 수가 처음으로 1,000회가 넘는 것도 나왔다. 비웃을 수 있겠지만, 그 당시 우리에게 1,000회이라는 숫자는 지금으로 치면 100만 회 이상의 느낌이었다. 이러다 대박이 나나 싶었는데, 우리의 기대와는 다르게 그 뒤로는 어떤 발전도 없었다.

그렇게 시간이 흘렀고 함께했던 친척 형은 회사 일이 바빠지면서 나 혼자 비박을 가는 날이 많아졌다. 어느 때부터인가 혼자 산으로 비박을 가게 되었다. 이전과는 다르게 마음이 훨씬 편했다. 산을 오르는 것, 비박하는 것, 촬영하는 것, 이 모든 것이 일처럼 느껴지지 않았다. 나와 산이 궁합이 맞나 싶을 정도로 힘든 만큼 성취감과 즐거움도 커갔다.

산을 담은 비박 영상이 하나둘 쌓여가면서 구독자는 1차 목표로 했던 3만을 넘어 어느새 정말 언감생심 생각지도 못한 10만 명이라는 숫자를 찍었다. 꿈에도 생각하지 못한 실버 버튼을 가슴에 안고 얼마나 가슴 벅찼는지 모른다. 이렇게 유튜브는 나에게 제2의 인생을 열어주었다. 그 공은 모두 이름을 열거할 수 없는 수많은 구독자에게 있다.

“태양 없이 낮이 없듯 구독자 없이 오지브로도 없다.”

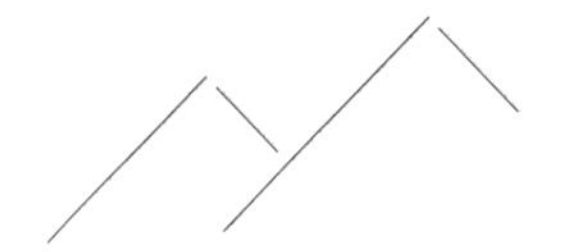

혼자 산속에서 지내면 겪게 되는 일

산행을 하면서 다행히도 위험했던 적은 없었다. 그럼에도 혼자 산에 가다 보니 으스스하거나 산짐승이 오지는 않을까 두려울 때도 있다. 산행하면서 만났던 야생동물 가운데 가장 기억에 남는 것은 멧돼지다. 물론 멧돼지가 나를 공격한 적은 없었다. 멧돼지는 흥분하면 돌진하는 습성이 있으니 최대한 움직이지 말고 기다려야 한다. 멧돼지가 갑자기 돌진했을 때 피하는 것은 사실 불가능에 가깝다. 그래서 미리 사고를 예방하고자 평소 나무를 타는 연습을 많이 해서 팔 안쪽이 많이 까지기도 했다. 나는 산에 오를 때 멧돼지의 출현에 대비해 이미지 트레이닝을 한다. 멧돼지가 언제 어디서 나올지 모르기 때문이다.

만약 산에서 멧돼지를 만나게 되더라도 다음 세 가지에 주의해야 한다.

1. 놀랐다고 해서 소리를 지르면 안 된다.
2. 등을 보이고 도망가지 말고, 멧돼지를 똑바로 보면서 천천히 뒤로 물러나거나 그냥 서 있는다.
3. 주변에 몸을 숨길 바위, 나무 등이 있는지 살펴본다.

멧돼지는 시력이 나쁜 대신 청력이 발달한 동물이라서 소리에 민감하다. 그래서 절대 소리를 크게 내면 안 된다. 소리를 지르면 멧돼지가 흥분해서 달려들 수 있기 때문이다. 특히 조심해야 할 때는 비 오는 날이다. 빗소리에 인기척이 묻히기 때문에 멧돼지가 사람을 피할 수 없게 된다. 사실 멧돼지는 사람을 두려워해서 인기척이 들리면 얼른 다른 곳으로 피한다. 이런 이유로 나는 배낭에 종을 달고 다니기도 한다.

유튜브 구독자 가운데 산에서 귀신을 봤는지 묻는 이들도 있다. 하지만 기대(?)와는 달리 단 한 번도 귀신을 본 적이 없다. 아직 귀신을 만나지 않아서 그럴 수도 있지만, 나는 귀신보다 사람이 더 무섭다. 특히 절대 인적이 있을 수 없는 곳에서 사람을 마주치면 머리카락이 팍 설 정도로 소름이 돋는다. 나를 발견한 상대방도 비슷한 마음이 아니었을까. 어쨌든 앞으로도 귀신을 마주칠 일은 없었으면 하는 바람이다. 상상만으로도 정말 끔찍하다.

산행을 하면서 내가 가장 두려워하는 것은 작은 벌레다. 눈에 보이지 않고 아주 작고 미천한 것이지만, 아주 오래도록 고통을 주는 존재이기 때문이다.

벌레는 주의하고 조심한다고 해서 피할 수 있는 것도 아니다. 내가 할 수 있는 일이라고는 한여름에도 긴팔과 긴바지를 입는 것뿐이다. 더운 게 벌레한테 물리는 것보다 덜 고통스럽기 때문이다.
그동안 가장 큰 고통을 준 것은 이름도 생김새도 모르는 작은 여러 마리의 벌레로 추측되는 미물이다. 온몸에 두드러기가 나고, 정말 견디기 어려울 정도로 심하게 간지러웠는데 그 고통이 얼마나 심했던지 마치 내 영혼까지 파괴되는 듯했다. 그 여파로 약 2주 동안 고통스러운 시간을 보냈다. 벌레 기피제를 비박 주변과 몸에 뿌리면 조금 낫기는 하지만 100퍼센트 방어는 되지 않는다.
한번은 진드기에 중요 부위를 공격당한 적이 있다. 여러분이 생각하는 바로 그곳이다. 무려 사흘 동안 내 피를 쪽쪽 빨아먹은 것 같은데, 얼마나 많이 먹었는지 몸이 풍선처럼 부풀어 있었다. 정말 그놈을 발견했을 때의 충격은 지금도 잊히지 않는다. 그놈을 조심스럽게 떼어내 살벌하게 저세상으로 보내드렸다. 통쾌함은 잠시고 그 뒤에 오는 가려움 때문에 중요 부위가 정말 고생이 많았다.
비박을 하면서 느끼는 감정은 설렘, 두려움, 행복감이다. 낯선 곳에 가면 설렘이 가장 먼저 다가온다. 우리가 여행할 때 느끼는 설렘과 비슷하다. 두려움은 갑작스러운 야생동물의 출현, 정신 나간 사람과 마주치는 것, 산사태와 폭우 등 자연재해 때문이다. 이런 이유로 늘 긴장 상태로 산행한다. 마지막으로 행복은 다음 날 맞이하는 해를 보며 느끼는 감격, 별 탈 없이 밤을 보냈다는 것과 홀로 두려움을 이겨냈다는 데서 온다.
결국 설렘과 행복감이 주는 기쁨이 두려움이 주는 고통보다 훨씬 크기 때문에 오늘도 나는 산으로 향한다.

"가장 큰 위협과 위험은 작고 보이지 않는다."

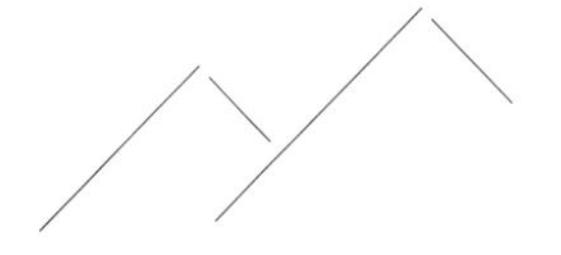

산 정상에서 눈폭풍을 만나
영하 12도에서 나홀로 생존하기

사람들이 내가 찍은 영상을 왜 좋아할까 생각해본 적이 있다. 아마도 지친 일상 속에서 잊고 있던 자연의 아름다움을 보며 위로를 얻고, 대리 만족을 할 수 있기에 좋아하는 건 아닐까. 오지브로의 유튜브 영상 가운데에는 조회 수가 폭발적으로 많았음에도 광고가 전혀 없는 기이한 콘텐츠가 하나 있다. 유튜브의 정책상 영상 길이가 8분 이상이어야 광고가 붙기 때문이다. 그 당시에는 이를 전혀 몰랐기 때문에 벌어진 해프닝이기도 하다.

사실 솔직히 말하자면 광고가 붙어야 제작자에게 수익이 가는 거니까 두고두고 아쉬움으로 남는다. 개인적으로는 조금 애석하지만 구독자들은 광고 방해 없이 편안하게 영상을 즐길 수 있으니 이 또한 나쁘지 않다고 생각한다. 그 영상 때문에 구독자들이 더 행복하고 힐링이 되었다면 창작자로서 더할 나위

없이 기쁜 일이다.

산행을 떠나기 전에 기상예보를 확인했는데 적설량은 많지 않았다. 그런데 막상 산행을 시작해 보니 이미 산에는 눈이 많이 쌓여 있었고, 눈도 내리기 시작했다. 평소 나는 카메라 삼각대를 메고 가야 해서 등산 스틱을 쓰지 않는다. 하지만 눈이 올 때는 안전하게 오르기 위해 꼭 스틱을 사용한다.

얼마 지나지 않아 발이 푹푹 빠질 정도로 눈이 많이 쌓였다. 쌓인 눈과 내리는 눈 때문에 바닥에 무엇이 있는지 알 수 없었다. 이런 상황에서 스틱은 안전을 확보하는 데 큰 도움이 된다. 움푹 팬 바닥을 미리 감지할 수 있을 뿐만 아니라 스틱에 의지해 걸으면 한결 걸음이 가벼워진다. 평소보다 훨씬 더 힘든 여정이었으나 별다른 부상이나 무리 없이 정상까지 다다를 수 있었다.

정상에서 박지를 찾고 있었는데 갑자기 엄청난 구름이 몰려와 위험하다 싶어 아래로 조금 내려왔다. 아니나 다를까 강한 바람과 함께 폭설이 내리기 시작했다.

눈이 그렇게 많이 내릴 줄 알았다면 비비색을 준비했겠지만, 기상예보에는 눈이 거의 내리지 않는다고 했기 때문에 간단한 장비만 챙겨온 것이 큰 패착이었다. 평소 '이가 없으면 잇몸으로 씹는다'는 게 내 오랜 신념이지만, 이번에는 정말 이러다 얼어 죽을 수도 있겠다는 공포가 스멀스멀 올라왔다.

이미 손과 발은 꽁꽁 얼어 동상까지 의심되는 상황이었다. 우선 바위 아래에 우의를 펴고 그 위에 매트를 깔아 쉴 곳을 마련했다.

바위 둘레에 다이소에서 구매한 천막까지 두르니 제법 그럴싸한 자연인의 집이 완성됐다. 천막에 들어가 손과 발을 확인하니 다행히 동상까지는 아니었으나, 칼로 살을 에는 듯한 추위는 잔혹 그 자체였다.

이런 추위에도 땀이 흘렀는지 내의가 다 젖어 있었다. 이때 마른 옷으로 갈아입지 않으면 저체온증이 올 수도 있다. 옷을 갈아입고 모닥불이라도 피우고 싶었지만, 국내 산에서는 불을 피우는 것 자체가 불법이라 핫팩 여러 개로 언 몸을 녹일 수밖에 없었다.

바닥난 기운을 보충하기 위해 육포와 아몬드를 먹었다. 그런데도 너무 배가 고팠다. 컵라면에 뜨거운 물을 부어 먹고 싶었지만, 밖에 나가 소변을 보는 게 엄두가 나지 않아 면을 부셔 허기진 배를 채웠다. 평소 같으면 별맛이 없었겠지만, 시장기가 반찬이라고 그 어떤 음식보다 맛있었다.

너무 피곤해서 잠이라도 자야겠다 싶어 일단 잠자리에 들었지만 너무 추워서 거의 뜬눈으로 밤을 새웠다. 그저 빨리 아침이 오기만을 기다렸다. 하도 추위에 덜덜 떨었더니 온몸이 쑤셨고, 따뜻한 아침 해가 그리웠다.

드디어 아침이 찾아왔지만 여전히 추웠고, 등산화는 꽁꽁 얼어서 하는 수 없이 핫팩을 넣고 신었다. 아침밥은 건너뛰더라도 따뜻한 커피 한잔이 생각나 물을 찾았는데, 물도 꽁꽁 얼어버려서 녹일 수도 없었다.

결국 아무것도 못 먹고 하산을 시작하려는데, 저 멀리서 한 줄

기 빛이 보였다. 꽁꽁 언 발을 내딛어 본능적으로 빛이 있는 쪽을 향해 걸어갔다. 하늘이 나의 기대를 저버리지 않으셨는지 일출이라는 선물을 내리셨다. 산을 붉게 물들이는 태양을 보면서 살아 있음에 다시 감사하게 됐다. 왜 그런지 몰라도 이럴 때는 가족이 더 보고 싶다. 특히 부모님이 그리웠다. 이렇게 힘든 비박을 하고 나면 가족애가 절로 생긴다. 힘들면 힘들수록 내가 사랑하는 이들을 더 한 번 생각하게 된다. 내가 비박을 하는 이유이기도 하다.

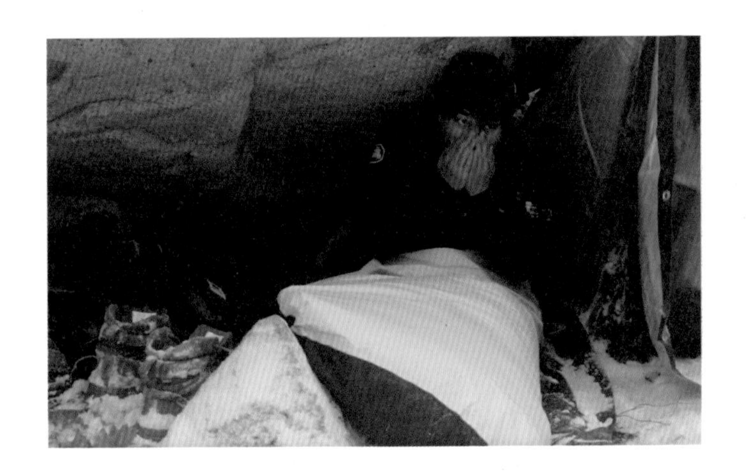

"오늘도 건강하게 살아 있음에 감사합니다."

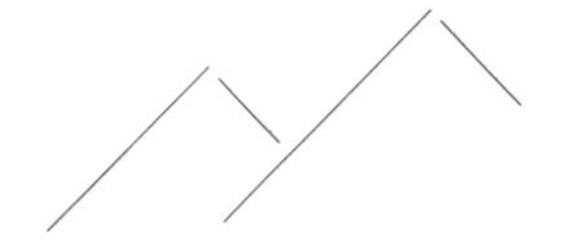

내가 운동을 하는 이유

내가 매주 고된 비박을 할 수 있는 것은 어릴 적부터 체계적인 운동을 해왔기 때문이다. 아무리 비박을 하고 싶더라도 건강한 몸이 뒷받침되지 않는다면 감히 시도조차 못할 것이다. 하지만 건강한 몸만 있다고 매주 비박을 할 수 있는 것은 아니다. 인간의 체력이란 어느 순간 금방 고갈되고, 포기하고 싶은 달콤한 유혹을 떨쳐내기 어렵기 때문이다. 비박의 성패를 좌우하는 데 정신력이 중요한 이유다.

보통 나는 비박을 하지 않을 때면 오지브로 영상의 배경 음악을 찾거나 운동을 하는 데 거의 모든 시간을 사용한다. 헬스장에 가서 중량 운동을 하는 것은 아니고 생활 속에서 쉽게 언고 할 수 있는 운동으로 체력을 유지하고 키운다. 집 근처 200미터 정도 되는 언덕길을 처음에는 맨몸으로 다섯 번, 그다음은 10킬로그램짜리 중량조끼를 입고 다섯 번, 마지막으로 배낭을

메고 다섯 번 왕복으로 뛴다. 언덕을 오르고 내리다 보면 운동이 제대로 된다. 이를 통해 하체 근력도 키우고 정신력도 연마한다.

중량 조끼가 좋은 점은 한번 구매하면 그 뒤로는 추가 비용이 들지 않는다는 것이다. 무엇보다 자전거를 타려고 해도 비싼 초기 구매비와 유지 관리비가 소요되는 것에 비하면 굉장히 저렴하게 체력 관리를 할 수 있다는 게 장점이다. 중량 조끼를 입고 몇 시간 동안 달리기를 하다가 벗었을 때의 보상은 정말 하늘로 솟구칠 것 같은 가벼움과 자유다.

집 안에서 하는 운동으로는 팔굽혀펴기, 복근 강화, 코어 단련이 있다. 이 세 가지는 별도의 운동기구가 필요하지 않고, 그 어떤 비용도 넓은 공간도 필요하지 않기 때문에 가성비가 좋은 운동이다. 사실 팔굽혀펴기 하나만으로도 가슴과 팔 근육 강화에 큰 도움이 된다. 산행할 때 하체 다음으로 중요한 신체 부위는 코어다. 코어가 무너지면 제대로 힘을 쓸 수 없으므로 다양한 자세로 코어의 유연성과 힘을 유지·강화하기 위해 많은 시간을 투자한다. 보통 일주일에 4일은 이 세 가지에 집중해 운동한다.

정신력은 체력 운동을 하면서 인내하는 것만으로도 충분하다. 인내는 일종의 참을성이라고 할 수 있는데 아무리 어려운 상황이 와도 견뎌내겠다는 의지를 말한다. 나 역시 연약한 육신을 가진 인간인지라 산행이 너무 힘겹고 어려우면 중도에 포기하고 싶은 마음이 들 때가 있다. 그럼에도 끝까지 포기하지 않는 것은 그 순간을 이겨냈을 때 보상으로 주어지는 열매가 얼마나 달고 맛있는가를 경험적으로 알기 때문이다.

때때로 혼자만의 시간을 갖고 명상을 하는데, 이것은 정신력을 키운다기보다는 내면의 화를 다스리고 평정심을 유지하기 위함이다. 어쨌든 이런 훈련을 통해 체력과 정신력은 서로 영향을 주고받으며 유지·향상되는 것이 아닌가 한다.

“비박을 견디는 힘은 6할은 정신력이고,
4할은 체력에서 나온다.”

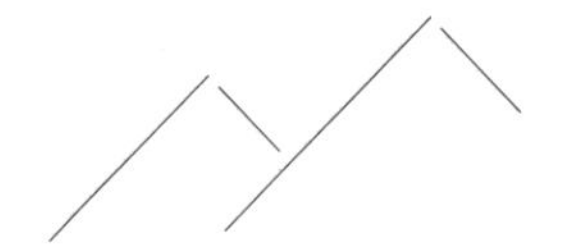

유튜브 촬영 뒷이야기

구독자들이 궁금해하고 오해했던 부분 중 하나는 혹시 촬영 감독이 따로 있는지에 대한 것이다. 유튜브에서 이미 밝혔듯이 나 혼자서 촬영과 편집을 모두 하고 있다. 당연히 전문 카메라맨도 없고 혼자서 그냥 왔다 갔다 하면서 영상을 찍는다. 자연을 보면서 느끼는 나만의 감정을 누군가가 대신할 수 없기 때문이다. 물론 장비를 지고 산에 오르다 보니 체력적으로 부담이 되기는 한다. 하지만 이것 역시 내가 즐기는 것이기에 앞으로도 일인다역의 유튜버로서 활동할 것이다.

기본적으로 내가 사용하고 있는 장비는 크게 카메라, 렌즈, 삼각대, 마이크, 드론이다. 카메라는 24~70mm 기본 렌즈의 DSLR 시네마를 사용하고 있다. 추가 렌즈로는 망원용 70~200mm와 광각용 18~35mm가 있다. 삼각대는 작은 것과 큰 것 두 개를 사용하고 있으며, 샷건 마이크, 미니 드론이 있다. 그리고 고프

로 액션 캠이 있는데, 가볍고 내구성 그리고 화질이 좋아 즐겨 쓴다.

처음에는 스마트폰 하나로 촬영했다. 영상이 하나둘 쌓이면서 자연을 좀 더 섬세하게 담고 싶다는 욕심이 생겨 장비를 하나씩 추가하게 됐다. 약 1년 반 동안 대략 2,000만 원 가까이 지출해 마련했다. 장비가 좋아진 만큼 자연에서 느끼는 감동이 더 잘 전달되는 것 같은데, 아이러니한 것은 조회 수는 장비가 좋지 않을 때가 더 잘 나왔다는 것이다. 그렇다고 해서 과거의 장비로 돌아가고 싶은 마음은 없다. 영상미에 대한 개인적인 만족감과 욕심이 생겼기 때문이다.

산행과 촬영을 혼자서 하다 보니 장비의 손상도 꽤 많았다. 과거 가벼운 삼각대를 쓸 때는 바람에 잘 넘어져서 카메라 액정이 깨지고 렌즈에 스크래치도 생겼다. 힘들어도 무겁고 튼튼한 삼각대를 쓰는 이유다. 무거운 장비를 들고 산행과 촬영을 하면 솔직히 체력적으로 부담이 많이 된다. 그런데도 앞으로도 촬영 감독 없는 유튜버로 남고 싶다. 구독자가 100만 명이 넘는다면 해외 산행 시 영상미와 장비 분실 예방을 위해 단발적으로나마 촬영 감독과 함께하고 싶은 바람은 있다.

산행을 위한 자료수집과 촬영 그리고 편집 가운데 가장 많이 신경을 쓰는 부분은 배경 음악을 고르는 것이다. 산에 오르기 전 미리 적당한 음악을 찾아서 내가 비박할 장소를 상상하면서 드론도 날려 보고 음악을 입혀 본다. 일주일 중 3일을 음악을 찾는 데 쓴다. 영상 한 편을 찍을 때 5~6곡을 준비하는데,

주로 유료 사이트에서 월 결제를 하고 사용한다. 공을 많이 들이는 만큼 영상과 음악이 잘 어울린다는 구독자 평이 많다. 그럴 때마다 힘들게 찾은 보람과 뿌듯함을 느낀다.

그동안 수없이 비박을 했건만 힘든 것은 매한가지다. 하산 후 집에서 쉬고 싶지만, 매주 한편씩 영상을 올리는 1인 유튜버에게는 사치에 가깝다. 바로 편집에 돌입한다.

피로를 푸는 내 나름의 방법은 운동을 하는 것이다. 편집과 운동을 반복하면 밤에 기절하게 된다. 그만큼 깊은 잠을 자게 되면서 거짓말처럼 피로가 싹 풀린다. 이렇게 올린 영상에 댓글이 달리고 좋아요와 구독자가 느는 것이 내게 최고의 피로회복제이자 영양제다.

드라마 〈미생〉에 나오는 대사 가운데 “인생은 끊임없는 반복, 반복에 지치지 않는 자가 성취한다.”는 말이 있다. 그 대사를 참 좋아하는데 그 말처럼 나는 일상에 지치지 않고 성취하는 사람이 되고 싶다. 지금껏 그래왔듯이 가슴 뛰는 도전을 하는 사람이 될 것이다. 아마 50~60대가 되어도 도전하는 삶을 살고 있을 것이다.

CU
장호항펜션

Canon
SmallRig

"내가 고생한 것에 비례해
구독자는 힐링과 쉼을 얻는다."

다 말하지 못한

오지브로 포토 갤러리

네팔이 숨겨놓은 땅,
무스탕을 걷다

무스탕에서 바라보는
히말라야 산맥의 파노라마뷰

5,500m 정상에 가까워지는 길

어느새 히말라야가 내 눈앞에

외로운 길 함께 걸어줘서 고마운 네팔 들개,
설산을 함께 보다

히말라야 5,000m를 넘어
에베레스트 베이스 캠프(5,364m)로 가는 길

히말라야 트레킹 중 만난 네팔 들개와 함께

여기는 히말라야,
세상에서 가장 넓은 운해를 만끽한 날

운해 위에 떠오른 붉은 태양

산 정상에서 운해를 보며 마시는
커피 한잔의 행복

5,550m 칼라파타르 정상에 우뚝 서다

BLACKYAK
MERCI

탈리초 호수로 가는 길,
어마무시한 절벽 위로 난 길을 걷다

코 끝이 시린 계절,
절벽 위에서 텐트 없이 보내는 하룻밤

6월에도 만년설로 덮힌
일본 북알프스 설산을 홀로 걸으며

만년설이 공꽁 언
일본 북알프스의 깎아지른 산자락

어느 추운 겨울날, 설동 안에서 하룻밤

뉴질랜드 후커벨리 트랙을 걷다

아무도 없는 자작나무숲에서 홀로 하룻밤

대한민국 설악산 공룡능선의 몽환적인 아름다움

무더운 여름
무인도에서 보내는 하룻밤

허리까지 눈이 쌓인
울릉도의 어느 겨울날

건설 현장에서 함께 땀을 흘려 더 소중한
초등학교 친구와 함께

나의 오랜 동반자 알콩이와 함께

힘들어도 언제나 촬영은 즐겁다

정상의 온도

나 홀로 낯선 곳에서의 하룻밤

초판 1쇄 발행 2023년 12월 26일

지은이 이태윤(오지브로)

펴낸이 구대회

펴낸곳 여니북스

편집 권은정

마케팅 윤여준

경영지원 이선

제작투자 타인의취향

디자인 studio fttg

인쇄 교학사

출판신고 제 2022-000206호

주소 서울특별시 마포구 창전로2길 7-3, 1층

홈페이지 www.yonibooks.co.kr

이메일 yonibooks@naver.com

대표전화 0507-1355-8739

ISBN 979-11-979737-9-6 03810